서양음식에 관한 사소한 비밀

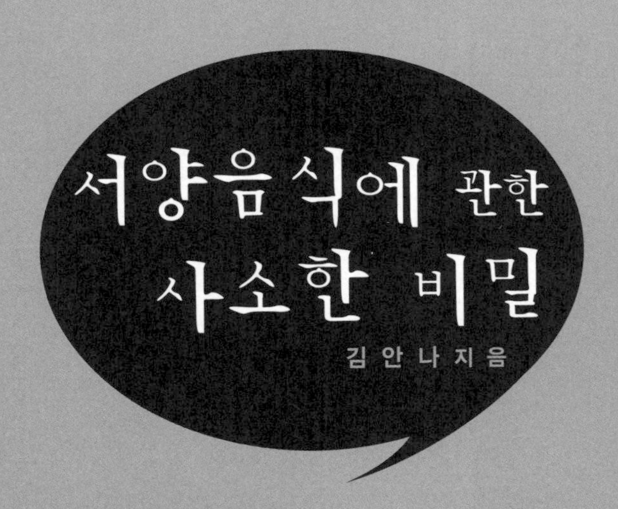

리즈앤북
ries & book

Prologue...

음식은 우리의 눈과 입과 마음을 즐겁게 한다. 음식은 이제 생존의 필수조건으로서의 의미를 넘어 가장 일반적이고 대중적으로 향유되는 문화로 자리 잡았다. 그렇기 때문에 음식을 이해하는 것은 그 음식이 속한 문화에 접근하는 가장 맛있는 방법이다.

이 책에서는 서양 음식에 대한 매우 사소한, 그러나 잘 알려져 있지 않은 에피소드를 모아보았다.

어떤 것은 역사적 사실이고, 어떤 것은 신화적 해설이며, 또 어떤 것은 진위를 알 수 없는 전설적인 이야기들이다. 음식에 대한 역사적, 정치적, 철학적 거대 담론은 아니지만, 읽다 보면 서양 역사의 단편에 반영된 음식의 의미, 권력과 탐욕의 상징으로서의 음식 문화의 일면을 엿볼 수 있을 것이다.

2004년 8월

김안나

Contents...

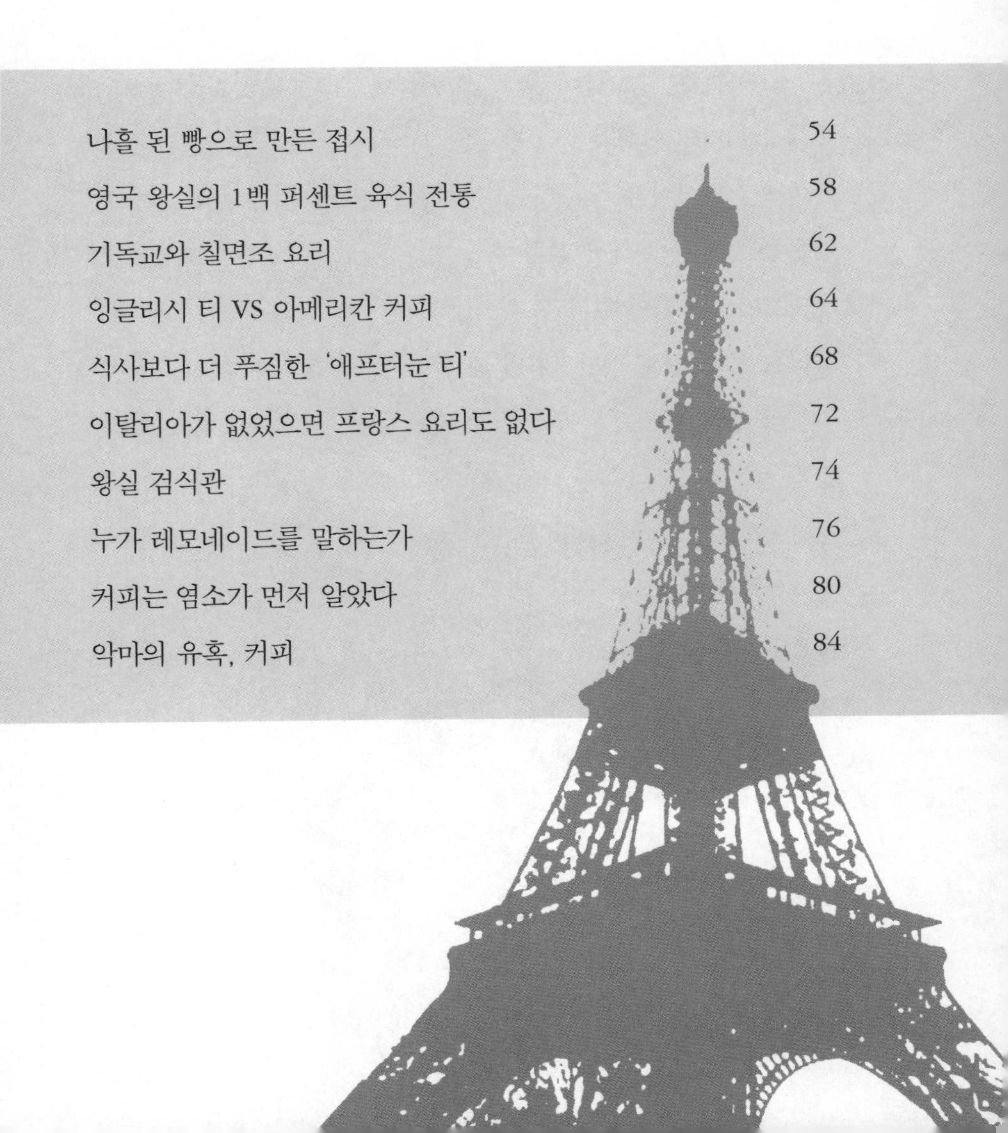

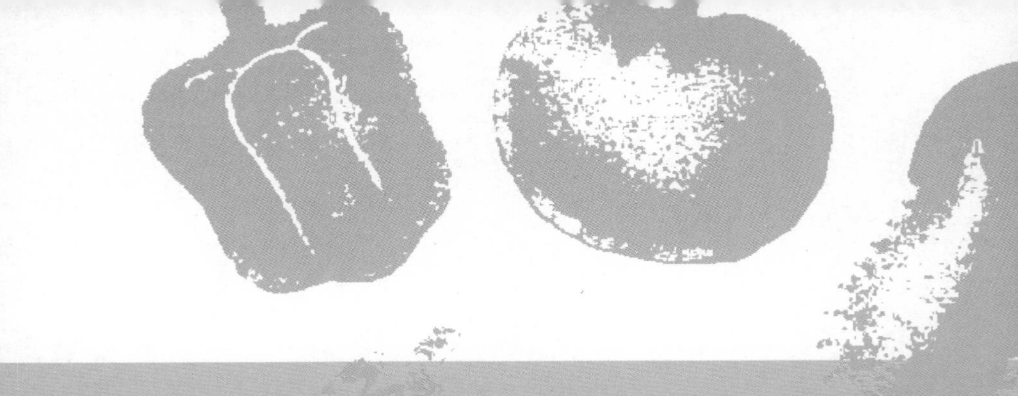

베르사유 궁전의 점심

프랑스 절대왕정의 상징인 베르사유 궁은 그 길이만 550미터에 이르는 장대한 궁전이다. 이 사치스런 왕궁에서 가장 화려한 시대를 보냈던 사람은 '짐은 곧 국가다' 라는 명언을 남긴 태양 왕 루이 14세였다. 다섯 살에 즉위하여 70년 이상 절대 권력을 휘둘렀던 루이 14세는 많은 일화를 남겼는데 그 중에서도 그의 식탁은 가히 전설적이다.

난 위대(胃大)한 왕이라구!

당시 왕의 식탁과 부엌과의 거리는 400미터나 되었다. 매 식사 때마다 이 긴 거리로 왕의 음식이 수송되었는데 이 행사는 무장을 한 근위대의 호위 속에 치러졌다. 모든 음식에는 뚜껑을 덮었다. 이는 긴 거리를 이동하는 동안 음식이 가급적 그 온도를 유지하게 하기 위한 조처였다. 그럼에도 불구하고 음식이 왕의 식탁에 도착하면 이미 미지근하게 식어있기 마련이었다. 이것조차 즉시 왕의 접시에 옮겨지지 않았다. 문간에서 대기하던 왕의 검식관(檢食官)이 먼저 한 입 먹고 잠시 기다려서 독이 없음을 증명한 다음에야 왕 앞에 전달되었다.

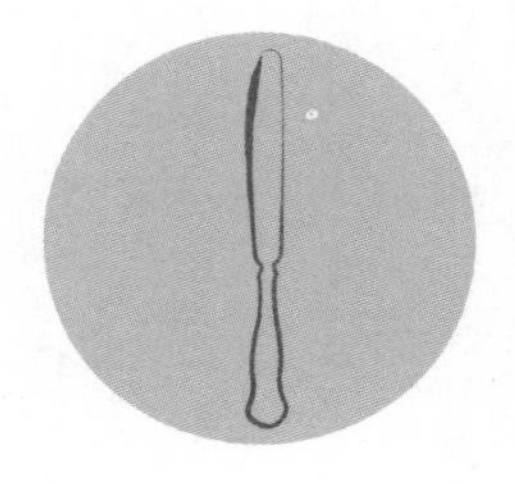

왕은 보통 오후 2시에 정찬을 먹었는데 이는 공식적인 공개행사로 많은 사람들이 몰려들어서 왕이 식사하는 것을 관람하였다. 루이 14세는 경이로운 대식가였다. 그가 매 끼 먹었던 전형적인 식사에는 네 가지의 수프, 꿩 한 마리, 자고(꿩과의 조류), 닭이나 오리, 샐러드, 양고기, 햄, 페이스트리, 신선한 과일, 설탕에 절인 과일 등이 식탁에 놓여졌다. 이 모든 음식을 조금씩 맛보기만 하는 검식관도 배가 부를 정도였지만 루이 14세는 전부 먹어치웠다. 왕의 사후, 의사들이 그의 시신을 검시해 보자 왕의 대식에 대한 비밀이 풀렸다. 루이 14세의 위장은 거대했다. 또한 그의 장의 길이는 일반인의 두 배에 달했다.

봄 여름 가을 그리고… 겨울

| 서양음식에 관한 사소한 비밀 |

지중해 연안의 그리스는 풍요로운 땅으로 풍성한 곡식과 향기로운 과일이 넘쳐났다. 그럼에도 불구하고 겨울철이 오면 대지는 곡식과 과일을 허락하지 않았다. 고대 그리스인들은 이 사계의 신비를 어떻게 해석했을까.

그리스 신화에 보면 여신 데메테르와 그의 딸 페르세포네의 이야기가 있다. 농업의 여신 데메테르와 제우스와의 사이에서 태어난 페르세포네는 눈부시게 아름다운 여신이었다. 명부를 다스리는 신 하데스는 페르세포네의 아름다움에 넋을 잃고 그녀를 아내로 맞겠다고 마음먹었다. 그러나 지하 세계는 어둡고 차가운 곳이었다. 태양과 대지를 사랑하는 데메테르에게 간청을 해 봤자 소용없는 일이었다. 하데스는 페르세포네의 아버지인 제우스의 도움을 빌기로 했다.

아름다운 봄날, 페르세포네는 님프들과 함께 꽃을 따고 있었다. 제우스와 하데스의 음모에 가담한 대지의 여신 가이아는 페르세포네 앞에 아름다운 수선화 한 송이를 피어나게 했다. 꽃의 아름다움에 넋을 잃은 페르세포네는 손을 뻗었다. 그 순간 땅이 열리고 어둠 속에서 하데스가 황금마차를 타고 나타나서 페르세포네를 낚아채서는 지하 세계로 사라졌다.

졸지에 딸을 납치당한 데메테르는 모든 것을 지켜보는 태양의 신 헬리오스에게 찾아 갔다. 처음에는 눈 감아주려 했던 헬리오스도 데메테르의 슬픔을 보자 사실을 털어놓을 수밖에 없었다.

제우스의 배반에 실망한 데메테르는 엘레우시스의 신전에 처박혀 농사를 전혀 돌보지 않았다. 그러자 최악의 흉년이 찾아왔다. 인간들은 굶어 죽어 갔으며 신전에 바치는 제물도 끊어졌다.

사태가 심각한 것을 알아차린 제우스는 무지개의 여신 이리스를 보내 데메테르를 설득해 보았지만 허사였다. 마음이 급해진 제우스는 전령 헤르메스를 하데스에게 보내어 사정을 설명하고 페르세포네를 돌려보내라고 명령했다. 하데스는 제우스의 명을 따를 수밖에 없었다. 그러나 교활한 하데스는 페르세포네가 방심한 틈을 타 그녀의 입에 석류 한 알을 집어넣었다. 신들의 법에 따라 지하 세계의 음식을 먹은 자는 다시 지하 세계로 돌아와야 한다는 것을 악용한 처사였다.

제우스가 중재에 나섰다. 페르세포네가 일년 중 아홉 달은 지상에서 어머니 데메테르와 함께 지내고 나머지 세 달은 지하에서 남편 하데스와 보내는 것이 어떻겠냐고 제안했다. 그리하여 페르세포네가 지상에 머무르는 아홉 달(봄, 여름, 가을) 동안, 대지는 생명에 가득 차 곡식과 과일을 키워내고, 페르세포네가 명부로 내려간 세 달(겨울) 동안 대지는 차갑게 얼어붙게 되었다고 한다.

오전 열한 시의 디너

지금은 주로 저녁 식사를 칭하는 영어 디너(dinner)는 원래 하루 중 가장 중요한 끼니를 의미하는 말이었다. 16세기 초 영국인들은 디너를 오전 11시에 먹었다.

그러던 것이 차츰 한 시간씩 한 시간씩 뒤로 미루어져서 18세기 말 신사 계급은 저녁 일곱 시나 여덟 시에 디너를 먹었다. 그러나 당시에도 노동자 계급이나 농촌에서는 오후 세 시쯤 디너를 먹었다. 오늘날에도 영국에는 지역에 따라 이른 저녁에 디너를 먹는 습관이 남아있다.

악마의 사과, 토마토

| 서양음식에 관한 사소한 비밀 |

오늘날 토마토는 저칼로리 건강식으로 전 세계적인 사랑을 받고 있다. 그러나 토마토가 처음부터 인기를 누렸던 것은 아니다. 토마토가 처음 유럽에 전해진 것은 16세기 말이었다. 스페인의 정복자들은 남미로부터 여러 가지 신기한 먹거리를 가져왔는데 그 중에 토마토가 끼어 있었다. 스페인으로 전해진 토마토는 곧 이웃 나라인 이탈리아에 전파되었다. 그러나 인기를 끌지 못했다.

영국의 요리법에 토마토가 등장한 것은 19세기 말에 이르러서였다. 그 200년 동안 토마토는 사악한 음식으로 의심을 듬뿍 받아 왔다. 사람들은 토마토를 장식용으로 사용했다. 그러나 음식으로는 꺼려했다. 토마토를 먹으면 몸 안에 응혈이나 종양이 생긴다고 믿었다. 뿐만 아니라 토마토에는 색욕을 자극하는 성분이 있는 것으로 믿었기 때문에 종교의 규율과 성경의 저주를 두려워했던 유럽인들은 토마토를 감히 먹으려 들지 않았다. 이 과일(혹은 야채)에는 이브를 유혹하여 인간에게 원죄를 씌운 에덴동산의 사과를 연상시키는 '사랑의 사과' 라는 이름이 붙여졌다. 헝가리에서는 좀 더 직설적으로 '낙원의 사과' 라는 이름으로 불렸다.

음식에 대한 편견이 비교적 적고 미식 문화가 발달한 프랑스에서조차 토마토가 자리 잡기까지는 오랜 시일이 걸렸다. 19세기 초 문헌에 의하면 토마토가 파리에 알려진 것이 그 때로부터 15년 밖에 안 되었다고 한다.

그럼 미국에서는 어땠을까? 미국에서는 19세기 초반에 이미 토마토가 상업용으로 재배되고 있었지만 오늘날처럼 신선하게 먹기 위한 것은 아니었다. 처음으로 용감하게, 독성의 위험을 감수하며, 공개적으로 날 토마토를 먹음으로써 토마토의 안전을 입증한 사람은 로버트 존슨 대령으로 알려져 있다. 이 사건은 1840년의 일이다. 그럼에도 불구하고 1860년에 발간된 잡지에는 주부들에게 토마토의 독성을 제거하기 위하여 굽거나 삶아야 한다고 충고하고 있다. 그것도 최소한 세 시간 동안.

음식에 대한 예의(禮義)

식도락과 식탐이 일반화 되어버린 오늘날에는 초대를 받았거나 함께 외식을 하는 자리에서 먹고 있는 음식에 대하여 칭찬하고 감탄하고 평가하는 대화가 별로 이상할 것이 없다. 그러나 20세기 초까지만 해도 서양의 식사 에티켓에서는 이런 대화를 천박한 것으로 취급하였다. 아직까지도 유럽과 미국, 호주 등 식사 에티켓의 영향이 남아 있는 세계에서는 초대받은 자리에서 음식에 대한 과도한 칭찬은 어색하게 받아들여지는 경향이 있다. 그저 '음, 맛있군요' 정도가 적당하다. 만일 그 이상으로 표현을 한다면 어쩌면 다음의 두 가지 중의 하나로 받아들여질 것이다. 초대한 집 주인의 음식 솜씨를 아예 기대하지 않았는데 놀랍게도 먹을만하다는 뜻이거나, 이 정도로는 부족하니 조금 더 달라는 암시. 물론 두 가지 모두 당신이 의도한 바는 아닐 것이다. 음식에 대한 예의의 표현은 문화에 따라서 다르다. 중국에서는 만찬에 초대받은 손님은 무조건 끊임없이 감탄과 칭찬을 하는 것이 예의이며, 태평양 제도에서는 큰 소리로 트림을 하는 것으로 식사 초대에 대한 감사를 표현한다.

그러나 음식에 대한 예의도 다른 문화와 마찬가지로 급속도로 변화하고 있다. 오늘날 동서양을 불문하고 사람들은 맛있다고 소문난 레스토랑에서 식사를 하며 요리에 대한 평가와 철학을 맘껏 얘기한다. 초대받은 자리에서는 맛있는 요리에 대한 레시피

꺄아악~!!
너무 맛있으무니다~~!!
발
라
당~!
이 봐…
아직 한입도
안먹었잖아
…
오바데스네…

를 교환하기도 한다. 텔레비전에서는 새로운 요리를 맛본 진행자가 맛있다는 감탄을 되풀이하고, 인터넷의 요리 관련 사이트 게시판에는 어느 집 음식이 어떻게 맛있다는 생생한 정보가 가득하다. 아무리 그래도 음식에 대한 예의의 표현이 가장 극적인 것은 일본 문화일 것이다. 일본 텔레비전은 케이블은 물론이고 공중파에서도 하루 종일 먹는 장면이 끊이지 않는다. 음식을 한 입 베어 물고는 미처 씹을 틈도 없이 진행자는 숨 넘어가는 소리를 한다. '오, 정말 미치겠어요! 이건 거의 죽을 정도로 맛있는 충격이에요!' 그러나 과식하거나 급하게 먹다가 사망하는 경우는 봤어도, 음식이 맛있어서 죽었다는 얘기는 아직 들어본 적이 없다.

메리여왕이 남긴 것

영국 왕실 역사에서 가장 극적인 인물, 여섯 명의 아내를 차례로 맞아 그 중의 두 명을 참수형에 처한 비정한 남편, 로마 교황에게 파문을 당하고도 당당하게 국교회를 성립한 당찬 군주, 헨리 8세에게는 수많은 전설이 따라다닌다. 헨리 8세가 사망하자 에드워드 6세가 즉위한다. 그러나 병약했던 어린 국왕은 열여섯 살을 넘기지 못하고 사망하고 말았다. 그 다음으로 왕위를 받은 것이 헨리 8세에게 일방적으로 이혼을 당했던 캐서린 왕비의 딸 메리 1세였다.

나는야
피의여왕~!
오호호호호....
벌써
취했나?
헛것이
보이는군...
딸꾹!

메리 여왕은 어머니의 나라인 에스파냐의 국교인 가톨릭을 신봉했다. 이복 동생인 에드워드 6세의 치하에서 숨 죽이고 있던 메리 여왕은 즉위하자 믿음을 곧 행동으로 옮겼다. 가톨릭교회를 부활시키기 위하여 여왕은 신교도를 처형하기에 이르는데, 이 때문에 '블러디 메리(피의 메리)' 라는 끔찍한 별명을 얻었다.

메리 여왕이 꿈꾸었던 가톨릭의 부활은 실패했다. 여왕의 치세도 오래가지 않았다. 뒤를 이어 즉위한 이복 동생 엘리자베스 1세는 영국을 태평성대로 이끌었다. 엘리자베스여왕의 인기가 높아질수록 메리여왕은 잊혀진 존재가 되고 말았다. 그러나 20세

기 초 '피의 메리'는 미국에서 부활하였다. 금주법이 시행되던 1920년 대, 단속반의 눈을 피하기 위하여 술처럼 보이지 않는 술(즉,칵테일)이 연달아 개발되던 시절, 술집 주인들은 짙은 붉은 색의 토마토 주스와 보드카를 섞은 칵테일을 만들어냈다. 그리고 여기에 '블러디 메리'라는 이름을 붙였다. 토마토 주스를 피에 비유한 것도 점잖지 못하지만, 남의 나라 여왕의 아름답지 않은 별명을 가져다 붙인 것도 점잖은 발상은 아니다. 오늘날 블러디 메리는 세계적으로 사랑받고 있지만, 가끔 그 이름의 근원을 생각해 보면 결코 낭만적인 칵테일은 아니다.

티(Tea)에 관한 오해와 진실

영국인들은 마치 티가 자신들 고유의 음료인 양 여긴다. 영국의 소설가 조지 오웰은 이를 빗대어 '티는 영국인의 아편' 이라고 말했다. 영국은 티의 나라이다. 세계적인 티의 명가는 모두 영국에 있으며, 티를 따라 마시는 도자기 잔도 영국제를 최고로 꼽는다. 런던의 기념품 가게에는 온갖 종류의 티가 즐비하며, 그것을 고르는 관광객들은 그 티의 원산지가 인도나 중국이라는 것에 신경 쓰지 않는다.

그러나 영국인들이 차를 마시기 시작한 것은 지금으로부터 3백 년도 채 되지 않는다. 차 문화가 가장 먼저 발달한 곳은 중국이다.

우후후~!
오늘은 가볍게
이정도만
마셔볼까?

'삼국지' 에 보면 이미 찻잎에 대한 언급이 나온다. 그러나 당시의 차는 집안의 가보인 검과 맞바꿀 정도로 비싸고 귀한 물건으로 일반 사람들이 마시기에는 너무나 황송한 음료였다. 차를 마시는 것이 일반적인 문화가 된 것은 당나라 시대에 와서였다. 우리나라나 일본에서도 그렇지만 중국의 차 문화는 신앙에 가까울 정도로 경건하다.

유럽에서 처음 티를 수입한 나라는 네덜란드였다. 1610년, 인도로부터 첫 번째 티를 실은 배가 네덜란드 항구에 들어왔다. 티는 곧 엄청난 인기를 끌었다. 사람들은 하루에 백 잔에 이르는 티를 마셨으며, 앓고 있는 사람조차 하루에 50잔 정도는 마셨던 것으로 전해진다. 네덜란드에서 인기를 검증한 티는 1720년 경 영국으로 전해지는데, 영국에서도 폭발적인 인기를 얻게 되었다. 산업혁명 시절 가난한 영국의 노동자들은 빵 쪼가리에 티를 마시면서 생계를 이어갔다.

영국인들은 독특한 차 문화를 형성했다. 하루에도 몇 번씩 차를 마시는 티 타임을 공식화 시켰으며, 모든 사교 모임에 필수적으로 티를 등장시켰다. 전 세계적으로 커피가 막강한 위세를 떨치는 오늘날에도 영국인들은 꾸준히 티를 마신다. 우유를 듬뿍 넣은, 뜨겁지도 차갑지도 않은 미지근한 밀크 티는 영국에서만 볼 수 있는 차 문화이다.

독립전쟁에서 승리하여 영국으로부터 분리한 미국에서는 영국 문화에 대한 반감 때문인지 티보다는 커피를 훨씬 더 많이 마신다. 뿐만 아니라 실용주의를 믿는 미국인들은 찻잎을 넣고 달이는 대신 티백을 발명함으로써 차 문화에 혁신적인 변화를 불러왔다. 또한 1904년 미국 세인트 루이스에서 열린 세계 박람회에서 최초로 아이스 티가 선보였는데, 이로써 티는 또 한 번 전기를 맞게 된다. 오늘날 미국은 물론 미국의 영향을 받은 우리나라에서도 뜨거운 티보다는 아이스 티가 훨씬 더 많은 사랑을 받고 있다.

내 사랑 아스파라거스

특정 음식을 광적으로 좋아했던 사람들에게는 극단적인 일화가 있다. 그 중의 하나. 17-18세기 프랑스의 철학자이며 과학자였던 베르나르 드 퐁트넬은 아스파라거스 광이었다. 식사 때마다 오일 드레싱을 뿌린 아스파라거스가 없으면 안 될 정도였다.

하루는 그의 친구가 예고도 없이 찾아와서는 하룻밤 자고 가도 되겠느냐고 물었다. 예의상 거절하지는 못했지만 퐁트넬은 내심 매우 불쾌했다. 저녁 식사에서 자기 몫의 아스파라거스를 친구와 나눠야 했기 때문이었다. 심각하게 고민하던 퐁트넬은 주방으로 가서 요리사에게 이렇게 말했다. '친구의 접시에는 아스파라거스를 반만 담고 나머지는 화이트 소스로 채우게. 저 친구는

둘이 먹다
하나가 죽어도
모는데두~
넌 친구도 아냐...

화이트 소스를 좋아하니까. 나는 접시 가득 아스파라거스를 담고 그 위에 오일 드레싱을 뿌려주면 된다네.' 그런데 저녁 식사가 시작되려는 무렵, 친구는 갑자기 심장 발작을 일으키더니 손 쓸 틈도 없이 숨을 거두고 말았다. 이 광경을 본 퐁트넬은 황급히 주방으로 달려가서 이렇게 외쳤다. '화이트 소스 말고 전부 오일 드레싱으로!' 믿거나 말거나.

민주주의의 발전에 지대한 영향을 끼친

굴 Oyster

세계사를 배울 때 고대 그리스의 민주주의 부분에서 꼭 언급하고 지나가는 것이 '오스트라시즘(ostracism)'이다. 참주가 될 우려가 있는 위험 인물을 비밀 투표로 선정하여 국외로 추방하는 훌륭한 제도로 우리 말로는 '패각(貝殼) 추방제'로 번역되어 있는데, 트집 잡자면 정확한 번역은 아니다. 패각은 일반적으로 조개 껍데기인 조가비를 의미하는데 오스트라시즘에 사용된 것은 조가비가 아니라 오스트라콘(굴 껍질)이었기 때문이다.

굴이다!
굴~!
굴~!
배고픈데
~ 잘됐다...
저굴은
그굴이 아녀라~
...

굴은 역사가 오랜 식품이다. 인간이 언제부터 굴을 먹기 시작했는지는 명확하지 않지만 역사 시대 이전으로 보인다. 수산물을 날로 먹지 않는 서양인들이 유일하게 날것으로 섭취하는 수산물이 바로 굴이다. 동서양을 막론하고 굴은 오랜 인기를 누려왔지만, 특히 서양에서는 굴을 정력제로 여겼기 때문에 특별한 사랑을 받아왔다. 역사적으로 서양의 영웅 호걸들은 대개 굴 마니아였던 것으로 알려져 있다. 고대 로마의 정치가였던 세네카는 매 주 1천 2백 개 이상의 굴을 먹었으며, 황제 위테리아스는 한 번에 1천 개의 굴을 먹었다는 전설이 있다. 굴 탐식의 역사는 프랑스에서 특히 현저하다. 16세기 프랑스 왕 앙리 4세는 정찬을 시작하기 전 입맛을 돋우기 위한 전채로만 3백 개의 굴을 삼켰다고 한다. 루이 14세 치하에서는 파리에만 2천 명 이상의 굴 상인이 있었으며, 나폴레옹은 전장에서도 사정이 허락하는 한 굴을 먹었다고 전해진다. 프랑스가 자랑하는 대문호 발자크는 한 번에 1444개의 굴을 먹었다는 일화가 있다.

유럽과 미국에서 굴은 풍부했으며 값싸게 먹을 수 있는 음식이었다. 영국에서는 '가난한 사람들의 음식'으로 여겨졌으며, 특히 빅토리아 여왕 시대에는 굴 피클이 대표적인 서민 음식으로 인기를 끌었다. 그러던 것이 19세기 말부터 굴 공급이 줄고 가격이 오르기 시작했다. 다행히도 아직 우리나라에서는 굴이 비싼 음식은 아니지만, 서양에서는 레스토랑에서 취급하는 고급 음식이 되었다.

비엔나에는 비엔나 커피가 없다

요리 이름에는 지명이 붙은 것이 많다. 예컨대 전주 비빔밥은 전주에서 시작된 것이고 춘천 막국수는 춘천에서 시작된 것이다. 서양 음식도 마찬가지다. 프랑크푸르트 소시지는 독일 프랑크푸르트 지역에서 시작된 것이며, 버펄로 윙은 미국의 버펄로에서 처음 선보인 것이다. 파스타에 사용되는 볼로네즈 소스는 이탈리아 볼로냐 지방에서 유래한 것이고, 시원한 맛이 일품인 칵테일 싱가포르 슬링은 싱가포르의 래플즈 호텔에서 처음 만든 것이다. 퓨전 김밥의 대명사인 캘리포니아 롤은, 물론 캘리포니아 고유의 음식은 아니지만, 최소한 캘리포니아에서 첫 선을 보인 것만은 분명하다.

Café Vienna
비 엔나 쏘세지
하나요~~!
쏘… 쏘시지….
역시 비엔나에
와선
비엔나 쏘세지를
먹어 줘야….

그러나 다 그런 것만은 아니다. 대표적인 예로 비엔나 커피를 들 수 있다. 블랙 커피 위에 진한 휘핑 크림을 듬뿍 얹은 것을 우리는 비엔나 커피라고 부른다. 누가 왜 언제부터 이런 커피에 이런 이름을 붙였는지는 모르겠지만, 오스트리아의 비엔나와는 전혀 무관하다. 고색창연한 문화의 도시 비엔나의 카페에서는 유럽 어디에서나 맛볼 수 있는 일반적인 에스프레소를 팔고 있으며, 맥도널드에서는 맥도널드 커피를 팔고 스타벅스에서는 스타벅스 커피를 팔고 있을 뿐이다.

나흘 된 빵으로 만든 접시

유럽인들이 오늘날처럼 우아한 식사를 하게 된 것은 그리 오래된 일이 아니다. 엘리자베스 여왕이 셰익스피어의 연극을 보러 극장 나들이를 가던 시절만 해도 일반 가정의 식탁에는 접시가 없었다. 중세의 만찬에는 접시 대신에 빵으로 만든 식판 같은 것이 사용되었다. 누룩을 넣지 않고 구운 통밀 빵을 나흘 쯤

묵혀 딱딱해지면 이를 두껍게 썰어서 그 위에 고기며 소스를 담아 먹었다. 식사가 진행되는 동안 이 빵으로 만든 접시에는 육즙과 소스가 스며들어 점차 부드러워졌다. 그러면 아직도 식욕이 남아있는 사람은 이 접시를 먹기도 했고,이미 배가 부른 사람은 이 빵 접시를 거지에게 주었다.

나흘 묵은 빵으로 만든 접시가 나무 접시로 바뀐 것은 15세기부터였다. 먹고 살기가 나아지면서 나무 접시는 도자기로 바뀌었다. 기록에 의하면 17세기 말쯤 되면 프랑스에서는 일반적으로 도자기 접시를 사용한 것으로 되어 있다. 그러나 미국인들은 나무 접시에 불편을 덜 느꼈던 것 같다. 19세기 초까지만 해도 도자기나 주석 접시보다는 나무 접시가 더 많이 사용되었다.

후식으론 역시
접시가 제맛~!

영국 왕실의 1백 퍼센트 육식 전통

전통적으로 영국의 음식 문화에는 야채에 대한 언급이 별로 없다. 야채는 주요한 식품으로 취급되지 않았을 뿐만 아니라, 가난한 농부들이 어쩔 수 없이 먹는 것으로 여겨졌다. 따라서 권력을 잡은 사람들은 야채를 먹을 이유도, 필요도 없었다. 14세기 영국 국왕 리처드 2세가 왕실 만찬을 열기 위하여 구입한 식품의 목록을 보면 식물성이라고는 사과가 유일하게 포함되었을 뿐, 그나마 눈 씻고 찾아봐도 야채는 한 정도 발견되지 않는다.

육식이 바로
권력의
상징~!!!

소금에 절인 수소 _ 14마리
절이지 않은 수소 _ 2마리
절이지 않은 양 머리 _ 120개
절이지 않은 양 몸통 _ 120개
멧돼지 _ 12마리
송아지 _ 12마리
새끼 염소 _ 6마리
돼지 _ 140마리
백조 _ 50마리
거위 _ 210마리
라드를 발라 저장한 수탉 _ 50마리
다른 수탉 _ 96마리
암탉 _ 720마리
토끼 _ 200쌍
새끼 토끼 _ 96마리
꿩 _ 4마리

왜가리와 해오라기 _ 5마리
비둘기 _ 1,200마리
마도요 _ 120마리
중부리 도요 _ 144마리
두루미 _ 12마리
그 외 충분한 야생 조류
골수 _ 300개
충분한 양의 라드와 지방
소금에 절인 사슴고기 _ 3톤
절이지 않은 사슴고기 _ 3톤
젤리를 만들 닭고기 _ 60마리
로스트용 닭고기 _ 144마리
크림 _ 120갤런
응고시킨 우유 _ 40갤런
사과 _ 3부셸
달걀 _ 11,000개

기독교와 칠면조 요리

서양 기독교 전통에서는 추수감사절과 크리스마스 디너에 칠면조 요리를 먹는다. 도대체 기독교와 칠면조는 어떤 관계가 있는 걸까? 칠면조는 아메리카로부터 유럽으로 유입된 새로운 먹거리 중의 하나였다. 다른 먹거리들이 정착하는데에 어려움을 겪었던 것과는 달리, 칠면조는 즉시 선풍적인 인기를 끌었다. 칠면조의 맛이 환상적이었기 때문이라기 보다는 한 마리만 있으면 온 가족이 넉넉히 먹을 수 있다는 장점이 더 큰 몫을 했다. 당시 유럽은 모든 사람들이 풍족하게 먹는 사회가 아니었다. 따라서 사이즈가 큰 칠면조는 주로 잔치 음식으로 사용되었으며, 그 중에서도 가장 중요한 잔치인 크리스마스 디너의 주 요리가

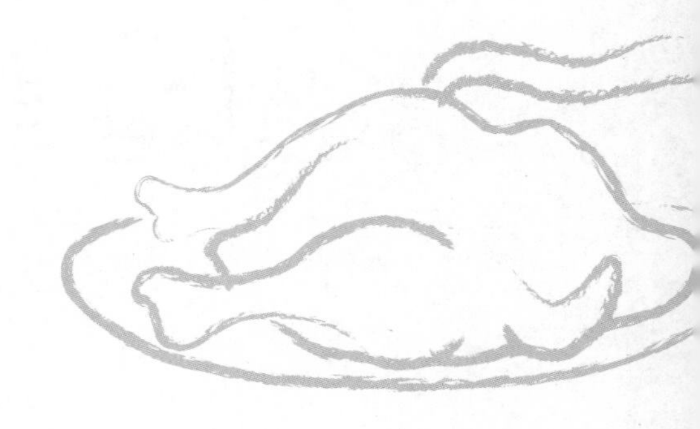

되었다. 그 전통이 남아서 다른 먹거리가 차고 넘치는 오늘날에도 크리스마스 식탁의 중앙에는 황금색으로 로스트 한 칠면조가 떡하니 자리 잡게 되었다.

한편, 신대륙에 정착한 초기 유럽 이민들은 여기저기에 야생 칠면조가 뛰어다니는 것을 발견하였다. 마땅한 먹거리가 부족했던 이들에게 칠면조는 훌륭한 음식이었다. 날고 기지 못하는 칠면조는 사냥도 용이했다. 1620년 메이플라워호를 타고 긴 항해 끝에 플리머스에 상륙한 '필그림 파더스(Pilgrim Fathers)'는 첫 번째 추수감사절에 칠면조를 먹었다. 그것이 추수감사절에 칠면조를 먹게 된 유래가 되었다.

잉글리시 티
Tea

가수 스팅이 부른 '뉴욕의 영국인'이라는 노래의 첫 구절은 '나는 커피를 마시지 않아요, 대신 티를 마시지요'로 시작된다. 이처럼 영국인들은 티를, 미국인들은 커피를 마시는 것으로 정평이 나 있다. 그러나 영국의 영향 하에 있던 미국인들도 처음에는 티를 즐겨 마셨다. 그러다가 미국인들이 티를 버리고 커피를 택하게 한 사건이 벌어지는데, 바로 미국 독립전쟁의 도화선이 된 '보스턴 티 파티(Boston Tea Party)'이다.

S

아메리칸 커피

Coffee

영국의 식민지였던 미국에 차 수요가 늘어나는 것을 본 영국은 무거운 세금을 부과하기 시작하였다. 그러자 미국 상인들은 밀수를 시작한다. 이에 영국 수상 노스는 동인도회사에 차 무역 독점권을 부여하는 관세법을 선포했다. 이에 격분한 보스턴 시민들이 1773년 12월 16일 밤, 항구에 정박 중이던 동인도회사의 선박을 습격하여 342개의 차 상자를 깨뜨리고 1만 8천 톤의 차를 모조리 바다에 던져버렸다. 영국 정부는 식민지 탄압의 고삐를 조였고 보스턴 시민들도 이에 맞서 대항하였다. 이 사건은 1775년 무력 충돌의 도화선이 되었으며 결국 미국 독립혁명의 직접적인 발단이 되었다.

오늘날 미국은 최대의 커피 소비국이다. 미국인 한 명이 1년에 16파운드의 커피를 소비한다. 이에 반하여 영국인은 1년에 3 파운드 정도의 커피를 마시는데 이것도 최근에 와서 젊은이들을 중심으로 커피 문화가 급속히 보급되었기 때문이다. 영국인들은 아직도 티를 마신다. 영국은 세계 최대의 차 소비국으로 1인 당 1년에 9파운드의 티를 소비한다. 참고로 차의 원산지인 인도에서는 1인당 1파운드를 소비하며, 미국인들은 1인 당 0.8파운드를 소비할 뿐이다.

식사보다 더 푸짐한 '애프터눈 티'

영국인들의 차에 대한 광적인 애정을 단적으로 보여주는 것이 바로 '애프터눈 티' 이다. 우리 말로 '오후에 마시는 차' 라고 해서 점심 식사와 저녁 식사 사이에 간단히 티 한 잔을 마신다고 생각하면 절대 오해다. 그것은 차를 빙자한 사교 모임이다.

Afternoon Tea

Afternoon Tea
라면 이정도는 돼야
호호호....
Tea

빅토리아 시대 영국에는 풍요로운 사회를 반영하듯 다양한 티 문화가 형성되었다. 아침에 눈을 뜨자마자 침대에서 '얼리 모닝 티'를 마신다. 아침 식사에서는 '브렉퍼스트 티'를 마셨으며, 일터에서는 노동자들이 오전 11시에 티타임을 가졌다. 늦은 오후에 상류층은 '애프터눈 티'를 즐겼으며, 노동 계급은 음식과 술과 함께 티를 마시는 '하이 티'를 즐겼다. 물론 저녁을 먹은 다음 거실에는 '애프터 디너 티'가 차려졌다.

애프터눈 티는 1840년 경, 모 공작 부인으로부터 시작되었다고 전해진다. 당시 상류 사회에서는 이른 아침에 식사를 하고 점

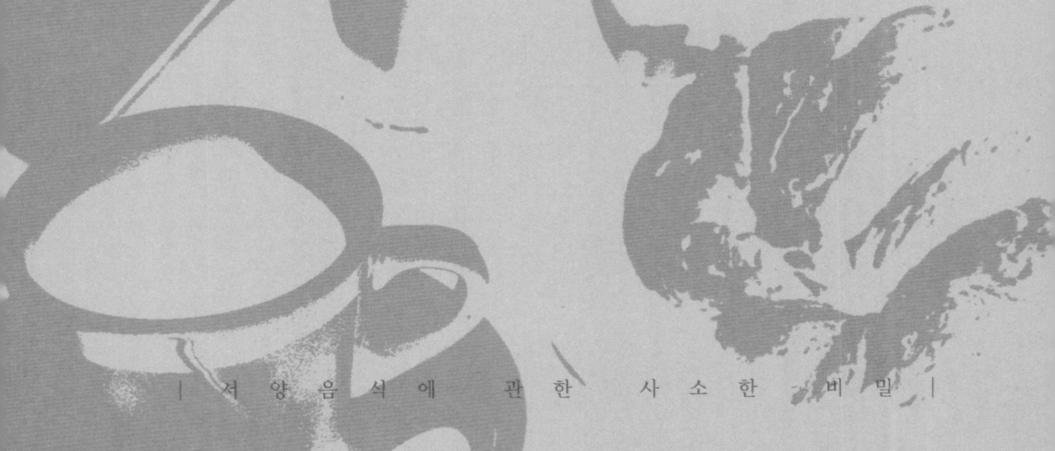

심은 11시 경 매우 간단히 먹었다. 저녁 식사는 대개 사교적인 자리로 저녁 늦은 시간에 치러졌다. 그래서 오후가 되면 출출하여 티를 마시며 빵이나 케이크, 쿠키 등을 곁들여 먹게 된 것이라고 한다. 그러나 애프터눈 티를 즐기려면 점심을 생략하든지 저녁을 한밤중에 먹을 각오를 해야 한다. 특히 관광 상품으로 인기가 있는 '트래디셔널' 애프터눈 티에는 온갖 달콤한 쿠키와 따듯한 빵은 물론, 종종 샌드위치가 곁들여지기도 한다. 여기에 우유를 반 이상이나 섞은 진한 밀크 티를 마신다. 그러니 잠시 허기를 달래는 간식으로는 지나치게 푸짐하다.

이탈리아가 없었으면 프랑스 요리도 없다

세계 최고의 맛과 품위와 격식을 자랑하는 프랑스 요리도 사실은 이탈리아의 도움이 없었으면 오늘날과 같이 세련되지는 못했을 것이다. 1533년 메디치 가(家)의 왕녀가 프랑스 왕세자 앙리 2세에게 시집오면서 몇 명의 요리사를 데려왔는데, 이들에 의하여 이탈리아의 미식 전통이 프랑스에 소개되었다. 물론 프랑스의 역사가들은 그 당시 프랑스 궁정에서는 이미 요리법이 발달해 있었기 때문에 이탈리아의 영향은 미미하다고 주장한다. 그러나 이탈리아 요리사들이 프랑스 궁정 요리에 세련미를 더한 것은 누구도 부인할 수 없다. 그 첫 번째가 식사의 위생이었다. 당시 식사는 거의 손가락으로 이루어졌음에도 불구하고 식사 전에

Italy

손을 씻는 관행은 이 때에 와서야 일반적이 되었던 것이다.

손을 씻은 다음에는 포크가 사용되었다. 이것도 이탈리아인들이 가져온 것이었다. 처음에 포크는 식탁 중앙에 놓인 음식 접시로부터 개인용 접시로 음식을 옮기는 데에 사용되었다. 그러다가 손가락 대신에 포크로 음식을 먹기 시작한 것은 한 세대가 지난 다음이었다. 이탈리아 요리사들은 또한 사탕과자, 과일 절임, 과일 페이스트 등을 만들었는데, 이런 음식은 프랑스에는 없었던 것들이다. 프랑스의 역사가들은 인정하고 싶지 않겠지만, 메디치 가(家)의 왕녀가 아니었다면 프랑스 요리가 발전하는데에는 좀 더 긴 세월이 걸렸을 것이다.

왕실 검식관

왕이 있었던 문화에서는 왕과 여왕의 음식에 독이 들었는지 먼저 먹어보는 검식관을 두었던 전통이 종종 발견된다. 중세 유럽의 왕실에서는 음식뿐만 아니라 소금도 검식의 대상이었는데, 당시

소금에는 독극물을 첨가하기 쉽다고 생각되었기 때문이었다. 현대에 오면서 왕실 검식관 제도는 폐지되었다. 그러나 일본에서는 천황의 검식관 제도가 1989년까지 지속되었다.

누가 레모네이드를 말하는가

프랑스의 명물 카페를 만든 것은 커피 제조업자가 아니라 레모네이드 제조업자였다. 17세기 파리에서는 레모네이드가 인기를 끌고 있었다. 레모네이드는 거리에서 팔리는 음료였다. 레모네이드 제조업자들은 금속제 통에 레모네이드를 담아 등에 지고 다녔다. 레모네이드의 인기가 높아지자 너나할 것 없이 레모네이드 통을 메고 거리로 나서게 되었다. 레모네이드 제조 장인들은 대책을 찾아야 했다. 이들은 모여서 길드를 조직하여 레모네이드 판매를 독점하고, 카페를 열었다. 카페에서는 커피와 초콜릿 음료 그리고 레모네이드를 팔았다. 19세기 중반까지 카페 주인은 '리모나디어(레모네이드를 만드는 사람)'라고 불렸다.

빨리 팔아서
카페하나
장만해야지~
레
모네이드
사려~어~...

이탈리아 출신의 웨이터 프로코피오 콜텔리는 1686년에 파리의 생제르맹 가(街)에 카페를 열었다. 매우 호화롭고 고급스러운 카페였다. 벽면에는 거울이 장식되었고 천정에는 크리스털 샹들리에가 달려 있었다. 상류 계급과 신흥 자본가들은 여기에 모여 정보를 나누고 체스를 두었다. 그리고 무엇보다도 이 카페의 뛰어난 메뉴를 즐겼다. 카페에서는 커피, 초콜릿 음료, 리큐르(식후에 마시는 달콤하고 독한 알코올 음료), 식전 와인, 과일 절임, 셔벗(과즙 아이스크림), 비엔나 아이스 등을 팔았다. 카페는 성공적이었으며 콜델리는 가장 성공한 '리모나디어'로 기억되었다.

커피는 염소가 먼저 알았다

신비한 검은 색 음료, 세계적으로 불변의 인기를 누리고 있는 커피는 누가 어떻게 발명한 것일까. 커피 나무의 열매를 따서, 볶아서, 빻아서, 여기에 물을 증류시켜 음료를 만들어내는 복잡한 과정은 과연 누가 찾아낸 것일까. 역사가 오랜 다른 음식과 마찬가지로 커피의 기원은 전설 속에 가려져 있다. 그러나 그 중에서 썩 그럴싸한 이야기는 소위 '칼디의 전설'로, 1670년 경 안토니오 파우스트 나이로네라는 이름의 마론 파 학자가 처음 얘기한 것으로 알려져 있다.

아라비아(혹은 에티오피아) 지역에 칼디라는 이름의 염소치기가 있었다. 그는 염소들이 어떤 잡목의 잎과 열매를 먹은 후에는 밤새 팔팔하게 뛰논다는 것을 발견했다. 칼디는 근처의 이슬람 사원에 가서 이를 알렸다. 이 보고를 들은 이맘(이슬람교에서 예배를 인도하는 사람)은 그 나무 가지를 사원으로 가져와서 열매 하나를 먹어 보았다. 쓰고 역겨운 맛이었다. 이번에는 열매를 으깨어 끓여보았다. 그러나 먹을 수 없는 것은 마찬가지였다.

현명한 이맘은 이번에는 열매를 볶아 보았다. 향기가 기가 막혔다. 용기를 얻은 그는 볶은 열매를 으깨어 물을 부어 보았다. 음료는 향기로웠지만 너무 썼기 때문에 그는 꿀을 조금 섞어 보았다. 그러자 훌륭한 맛이 되었다. 그 음료를 마시고 몇 분이 지나자 심장이 빨리 뛰기 시작했다. 그리고는 몇 시간이 지나 밤이 깊어도 그의 정신과 육체는 말짱했다. 이맘은 이 신비한 열매 음료를 다른 사람들에게도 나누어 주었는데 다들 똑같은 반응을 나타냈다. 이렇게 해서 커피가 탄생하였다.

식물학적으로 커피의 원산지는 아프리카의 아비시니아 왕국

(현재의 에티오피아)으로 추정되고 있지만 커피를 먹고 마시기 시작한 것은 아라비아인들이었다. 커피에 관한 최초의 기록은 아라비아의 의학 문헌에서 발견된다. 커피가 음용되기 시작한 것은 11세기 경인데 아랍의 왕국이 커피의 반출을 엄격히 금지했음에도 불구하고 커피는 터키를 거쳐서 유럽으로 서서히 전파되었으며, 영국 이전에 신대륙에 진출했던 네덜란드인들에 의하여 미국에 소개되었다. 이후 미국은 패스트 푸드와 커피 전문점들의 공격적인 마케팅 덕택에 커피의 소비와 전파에 지대한 공헌을 해 오고 있다.

악마의 유혹, 커피(Coffee)

프랑스의 소설가 오노레 드 발자크(1779-1850)는 지극한 커피 애호가로 하루 50여 잔의 커피를 마셨다고 알려져 있다. 실상 그가 커피를 늘 입에 달고 살 수 밖에 없었던 것은 사업의 실패로 떠안게 된 막대한 빚을 갚기 위해 밤낮으로 글을 써야만 했기 때문이라고 한다. 발자크 스스로도 잠을 쫓기 위해 커피를 마셨다고 고백한다.

"한 밤중에 일어나 여섯 자루의 촛불을 켜고 써내려가기 시작한다. 눈이 침침해지고 손이 움직이지 않을 때까지 멈추지 않는다. 네 시간에서 여섯 시간이 훌쩍 지나간다. 체력에 한계가 온다. 그러면 의자에서 일어나 커피를 끓인다. 실은 이 한 잔도 계속 글쓰기에 박차를 가하기 위함이다. 아침 여덟 시에 간단한 식사를 하고 다시 써내려 간다. 점심을 먹고 한 시부터 여섯 시까지 또 쓴다. 도중에 커피..."

Myyy
PRECIOUSSS.....!
Coffee

발자크는 이러한 생활을 20년 동안 계속하여 74편의 장편과 수많은 단편을 썼다. 빚도 다 갚았고 부와 명성과 인기를 얻었다. 그러나 그의 몸은 만신창이가 되어 결국 51세의 나이에 죽고 만다. 18년 동안이나 편지로 연애를 해 오던 한스카 부인과 우여곡절 끝에 결혼식을 올린 지 몇 달 만이었다. 그의 사인은 커피 과용으로 인한 카페인 중독이었다.

고대 그리스의 미식가

고대 그리스 시대 아리스토 제논이라는 철학자는 저녁이면 정원에서 재배하던 상치 위에 와인과 꿀을 뿌려 두었다가 아침이 되면 그것을 뜯어서 먹었다고 한다. 드레싱이 미리 뿌려져 있는 샐러드였던 셈이다. 그는 이 음식을 '대지가 나에게 선사한 녹색의 케이크'라고 불렀다.

한편 입맛이 까다로워 '까다로운 피틸로스'라는 이름을 얻은 귀족도 있었는데, 그는 식사와 식사 사이에는 혀를 주머니에 넣고 있었다고 한다. 그의 특별히 민감한 미각을 보존하기 위한 조치였다.

다른건 몰라도
'혀 안심보험'은
꼭 들어 놔 뒀지…
보험증서
혀싸개
피틸라스

로마제국의 대(大)식가

로마 제국의 전설적인 폭군 네로 황제가 몰락하자 권력 다툼이 일어 네 명의 황제가 난립하게 되는데 그 중의 하나가 비텔리우스이다. 겨우 1년 동안 권좌를 지키다가 결국 참살 당한 비텔리우스 황제에 대한 기록은 미미할 수밖에 없다. 그러나 그 이름을 오늘날까지 기억하게 하는 것은 그가 먹어치웠던 어마어마한 양의 음식 때문이다.

신께 바치는 음식인데 '檢食'도 안한다면 말이 안돼쥐~ !!
번개 선물으로 하나 쏴 줘야 겠군 ...
神

그는 걸출한 대식가였다. 하루에 여섯 곳의 정찬에 초대받아 가곤 했었는데, 여섯 집을 차례로 돌며 차려진 음식을 모두 먹었다고 한다. 뿐만 아니라 신전의 제사 행사에 참석했을 때에는 신에게 바쳐진 제물을 보고 식욕을 참을 수 없어 의식 도중에 제물을 로스트하여 먹었다는 전설도 전해온다. 아마도 그것 때문에 신의 노여움을 사서 단명한 것이 아닐까.

가문을 빛낸 존 몬태규 백작

영국 샌드위치 가문의 4대 백작으로 봉해진 존 몬태규 경은 정치인이며 군인이었다. 그는 서른의 나이에 해군 장관으로 임명되어 미국 독립전쟁에 맞서 영국 해군을 지휘하게 되었다. 불행하게도 그의 지휘를 받은 영국 함대는 미국 독립군에게 참패를 당했으며, 그는 무력하고 방종한 귀족으로 낙인 찍히고 말았다. 명예를 목숨보다 중시 여기는 영국 귀족 전통에서 영원히 수치스런 이름으로 남을 뻔한 가문의 이름을 빛낸 것은 정치도 전쟁도 아니었다. 존 몬태규 백작은 카드 놀이에 탐닉하였다. 하인이 식사가 준비된 것을 알려 오면 백작은 고민에 빠졌다. 게임 테이블을 떠나기 싫었던 것이다. 이 게으른 백작은 하인에게 빵 사이에 음식을 끼워서 가져오라고 하였다. 그렇게 해서 샌드위치가 탄생하였다.

이 참에
프랜 차이즈 사업에
뛰어 들어 볼까나?
이거
돈되겠는데…?~
존 몬테규

물론 그 이전에도 이와 유사한 음식은 존재했었다. 이미 고대 로마에서도 고기를 빵 사이에 끼워 먹는 음식이 있었으며, 러시아, 독일, 프랑스 등에서도 각자 고유한 방법으로 빵과 음식을 한꺼번에 먹는 음식이 발전되어 왔다. 그러나 오늘날 이 모든 음식은 '샌드위치' 라는 하나의 카테고리로 불린다. 샌드위치는 어떤 종류의 빵 몇 장 사이에 어떤 재료를 어떤 순서로 얼마만큼 끼워 넣느냐에 따라 수백만 가지의 변형을 만들 수 있다. 잘 알려진 것으로는 세 장의 토스트 사이에 닭고기, 양상추, 토마토, 베이컨을 넣은 클럽 하우스 샌드위치와 긴 롤빵에 야채와 치즈, 햄을 넣은 서브마린 샌드위치, 그리고 미국에서 만들어진 BLT(베이컨, 레터스, 토마토의 약자) 샌드위치 등을 들 수 있다.

샐러드에도 유행이 있다

전체 인구의 3분의 1이 고도 비만에 시달리는 미국에서는 샐러드를 주식으로 하는 젊은이들이 늘어나고 있다. 아직까지 유럽에서는 샐러드를 식사 대용으로 생각하지는 않지만, 호주나 아시아에서는 견과류와 과일, 곡류나 국수 등을 더한 퓨전 샐러드의 인기가 높아지고 있다. 메인 요리로 먹는 샐러드에는 전통적인 햄이나 베이컨은 물론 종종 튀기거나 그릴에 구운 닭고기, 로스트 비프, 새우나 칼라마리 등이 더해지기도 한다. 이쯤 되면 샐러드가 저칼로리라는 편견은 버려야 한다. 이처럼 재료가 다양하고 풍성해지는 대신에 샐러드 드레싱은 점점 가벼워지고 있다. 다이어트에 민감한 사람이라면 허니 머스터드나 사우전드 아일랜드 대신에 올리브 오일과 레몬즙을 선택할 것이다.

샐러드가 메인이 아닌 경우 샐러드를 언제 먹는가 하는 것도 문화에 따라 다르다. 영국인들은 샐러드를 테이블 위에 두고 메인 요리에 곁들여서 천천히 먹는다. 영국의 영향을 받은 호주인들도 그런 방법으로 먹는다. 그러나 프랑스인들은 메인 요리 다음에 샐러드를 먹는다. 미국인들은 메인 요리 전에 샐러드를 먹는다.

샐러드드레싱으로 백만장자가 된 사람

$1,000,000

샐러드 문화가 발달하지 못했던 영국에 샐러드 드레싱을 처음 소개한 사람은 프랑스인이었다. 프랑스 대혁명 중에 영국으로 피신 왔던 정치가 달비냐은 유행의 첨단을 좇는 영국 젊은이들에게 샐러드 만드는 법을 보여주고 그들의 반응을 보았다.

출장 요리 전문점은
내가
최고지~!
달비냑의
드레싱!

맛있는 드레싱을 뿌린 샐러드에 젊은이들이 감탄하는 것을 본 달비냑은 사업 계획을 구상한다. 부유층을 상대로 샐러드 드레싱을 판매하는 것이었다. 곧 입소문이 퍼졌다. 식사 때마다 달비냑은 마차를 타고 런던 거리에 배달을 나갔다. 주문을 받은 집에 들러서 준비해 가지고 온 신선한 드레싱 재료로 즉석에서 샐러드를 만들어 주었다. 올리브 오일, 식초, 캐비아, 안초비, 향신료 등을 배합한 '달비냑 드레싱'은 수백 개씩 팔렸으며, 프랑스 망명객은 곧 성공한 사업가가 되었다.

사랑의 묘약, 카카오

신에게 바쳐진 선물, 신들의 음료. 수천 년 동안 인류는 '초콜릿' 이라고 불리는 맛있는 현상에 매혹되어 왔다. 한때 초콜릿은 특권층의 전유물이었으며 그 후로도 오랫동안 부귀와 사치의 상징이었다. 오늘날 초콜릿은 맛있는 식품으로 전 세계적인 인기를 누리고 있으며 특히 밸런타인 데이 유행과 인기를 더하고 있다. 초콜릿이 밸런타인 데이의 필수품으로 인기를 누리는 것은 초콜릿의 달콤한 맛과 향 때문이라기보다는 초콜릿이 지니고 있는 강력한 성적 흥분 항진 성분 때문이라는 것이 정설이다.

초콜릿의 기원은 3천년 전으로 거슬러 올라간다. 멕시코 남부

저지의 산림지대에 살았던 올멕 사람들이 처음으로 카카오라는 말과 초콜릿 음료를 마신 기록이 있다. 올멕 족의 먼 후손인 아스텍 족은 카카오 나무 열매를 신으로부터 받은 신성한 선물이라고 여겼다. 카카오 열매 안에 있는 씨를 갈아서 만든 음료인 '쇼콜라틀' 은 귀한 음료로 왕족과 사제 그리고 전사 계급의 전유물이었는데, 아스텍 족은 이 음료가 영적인 에너지와 성적인 스태미나가 항진 시킨다고 믿었다. 전설에 의하면 아스텍의 지배자였던 몬테주마는 하렘(후궁)에 들어가기 전에 언제나 쇼콜라틀을 마셨다고 한다.

초콜릿을 처음 유럽에 소개한 것은 16세기 초 에스파냐의 정복자들이었다. 멕시코를 침공한 코르테스는 원주민들이 신성하게 여기는 열매의 씨에 관심을 가졌다. 코르테스에 의하여 에스파냐 왕실에 헌납된 초콜릿은 왕족과 귀족 등 특권층의 독점 음료로 자리를 잡는다. 달콤한 향기와 독특한 맛, 여기에 성적 흥분을 촉진한다는 신비한 효능까지 알려지면서 초콜릿은 유럽 각지의 상류 사회에 전파되어 17세기에는 이미 전 유럽적인 인기를 누리게 되었다.

아스텍 족이 믿었던 초콜릿의 '신성한' 효능은 유럽에 와서 절정기를 맞는다. 이와 동시에 초콜릿에 대한 종교적 논쟁도 끊이지 않았다. 그러나 초콜릿의 효능에 대한 전설은 단순한 미신이 아니라 과학적인 근거를 갖는 것으로 확인되었다. 초콜릿에는 소량의 카페인과 더불어 테오브로민이라고 불리는 흥분성 알칼로이드가 함유되어 있다. 또한 페닐아틸라민이라는 엔도르핀 물질도 함유되어 있는데, 바로 이 성분이 사람들에게 집중력과 황홀감과 흥분을 고양시킨다는 것이다. 마치 사랑에 빠졌을 때처럼.

감자 먹는 사람들

토마토가 음탕한 음식으로 낙인 찍혀 오랜 세월 인기를 끌지 못했던 것처럼 감자가 오늘날과 같은 지위를 얻기까지는 오랜 시간이 걸렸다. 16세기 후반, 남아메리카로부터 유입된 감자는 에스파냐를 거쳐서 유럽 전역에 매우 천천히 퍼져 나갔다. 프랑스에는 특히 늦게 도착하였다. 18세기 중반, 프러시아에 전쟁 포로로 억류되었던 군의관이 조국 프랑스로 돌아올 때 감자를 가지고 와서 이웃에게 소개하였다.

그러나 감자의 형태를 본 프랑스인들은 감자를 먹으면 나병에 걸린다고 믿었다. 루이 16세는 굶주리는 국민에게 감자를 보급하기 위하여 노력하였다. 그러나 프랑스 국민이 감자를 일상 식품으로 먹게 된 것은 루이 16세가 단두대에서 처형된 다음이었다. 그것도 감자의 맛을 알게 되어서라기보다는 너무나도 먹을 것이 없었기 때문에 생존을 유지하기 위한 방편이었다.

| 서양음식에 관한 사소한 비밀 |

그보다 훨씬 이전인 16세기 말, 감자는 이미 아일랜드인들의 주요 식량이었다. 감자 기근이 닥친 아일랜드는 국가적 위기를 맞을 정도였다. 그러나 아일랜드에 비하여 먹고 살기에 별 문제가 없었던 영국에서 감자는 그만큼 중요한 식품은 아니었다. 감자는 가난한 사람들의 식량이었다. 반 고흐의 그림 '감자 먹는 사람들' 에서 보듯이 감자는 가난하고 지친 농부들의 음식일 뿐이었다.

그처럼 천대받던 감자가 인기를 끌기 시작한 것은 1840년 경 런던의 거리에 '베이크트 포테이토' 가 등장하면서였다. 통감자를 구워 그 속에 버터를 듬뿍 넣고 위에 여러 가지 재료를 얹은 이 감자 요리는 귀족으로부터 서민에 이르기까지 남녀노소 모두의 입맛을 휘어잡았다. 이후 감자는 다양한 요리법으로 변신하면서 오늘날까지 인기를 지속하고 있다.

프랑스식으로 할까, 러시아식으로 할까

서양 요리, 특히 프랑스 요리라고 하면 전채로부터 시작해서 후식으로 끝나는 코스 요리를 떠올릴 것이다. 그러나 원래 프랑스에는 코스 요리가 없었다. 따라서 '프랑스식' 식사는 다른 것을 의미했다. 사람들이 둘러앉은 큰 테이블 위에 여러 가지 요리가 한꺼번에 차려지는, 오늘날의 뷔페와 유사한 방식이었다. 한 번 차려진 음식이 끝나면 테이블을 치우고 다음 뷔페 상이 차려

지곤 했다. 그러나 서빙 테이블과 식탁이 분리된 요즘의 뷔페와는 달리 직접 식탁 위에 음식이 차려졌기 때문에 사람들은 가까이 놓인 음식만 맛볼 수밖에 없었다. 멀리 있는 요리를 먹기 위해서는 다른 사람에게 부탁을 해야만 했는데 그 행위가 탐욕스럽게 보일까봐 피했기 때문이었다. 이런 연회 전통은 19세기 말까지 공식 만찬에서 종종 볼 수 있었다.

그렇다면 코스 요리는 언제 어디에서부터 시작되었을까. 오늘날 서양식 식사의 전형이 된 코스 요리를 프랑스에 처음 소개한 것은 1830년대 러시아의 쿠라킨 황태자라고 알려져 있다. 유럽의 왕실과 귀족들은 이 새로운 식사 방법을 '러시아식'으로 불렀는데 19세기 말쯤에 오면 공식 연회 만찬이 러시아식으로 차려지기 시작했다. 식탁에 앉은 모든 참석자에게 각각의 코스를 서빙하는 것은 풍요와 사치의 상징이었다. 더 많은 하인과, 더 많은 접시와, 몇 배 더 많은 나이프와 포크가 필요했다. 그러나 이 방법은 공평하다는 미덕을 가지고 있었다. 모든 참석자에게는 동일한 음식이 제공되었기 때문에, 사람들은 혹시나 탐욕스러워 보일까 우려하여 한 가지 음식으로만 만족하지 않아도 되었던 것이다.

고기 없는 고기파이

영국의 전통 음식 중에 '민스 파이(mince pie)'라는 것이 있다. 고기를 잘게 다져서 말린 과일, 향료 및 브랜디 등과 섞은 것을 속에 넣어 구워낸 파이로, 16세기 엘리자베스 여왕 시대에는 크리스마스 음식으로 인기가 높았다. 당시 민스 파이는 '플럼 포리지'라고 불리는 특별한 수프와 함께 먹는 것이 관례였다. 이 음식은 17세기에는 인기를 끌지 못했다가 왕정 복고 이후에 다시

유행을 타게 되었다. 신대륙에 정착한 영국 이주민들은 미국 땅에도 민스 파이의 전통을 세웠다. 그러나 1930년 대쯤 오면 본토인 영국에서는 민스 파이에서 고기가 사라지게 된다. 그래도 이름은 여전히 민스 파이였다. 오늘날 민스 파이는 오래된 크리스마스 풍습으로 남아있는데, 크리스마스 시즌이 되면 슈퍼마켓에서 포장된 민스 파이를 쉽게 볼 수 있다.

일요일마다 닭 한 마리를

17세기 말, 지루하던 30년 전쟁이 끝나자 유럽 전역은 황폐해지고 백성들은 굶주렸다. 프랑스 국왕 앙리 4세는 국가를 재건하는 위대한 계획을 시작하였다. 그는 우선 농업을 장려하였다. 그렇게 함으로써 빈민들의 생활 수준이 나아질 것이라고 생각했기 때문이었다. 당시 국왕이 선포했던 내용을 보면 당시 국민들의 생활이 얼마나 빈곤했는지 짐작할 수 있다. 왕의 목표는 이러했다. '나는 프랑스가 번영하도록 하겠다. 모든 농부가 매주 일요일마다 한 마리의 닭을 먹을 수 있도록.'

전국민이
치킨먹는
그날까지~
일8일은
치킨데이로~!!
왕이 미쳤다~
탄핵하자 탄핵!

웨딩케이크의 유효기간은 1년

| 서양음식에 관한 사소한 비밀 |

우리나라에서도 언제부터인가 결혼식장에 웨딩 케이크가 필수품으로 등장하고 있다. 대부분 신부가 신랑의 도움을 받아 장엄한 표정으로 '케이크 절단식' 을 하는 것으로 웨딩 케이크의 역할은 끝난다. 결혼식 피로연장에서 웨딩 케이크를 잘라 나누어 먹는 것을 본 적이 있는가? 그렇다면 그 화려하고 양 많은 케이크는 어디로 가는 걸까?

웨딩 케이크의 전통은 영국으로부터 시작되었다. 초기 영국의 웨딩 케이크는 둥글고 납작하고 딱딱한 케이크로 결혼 예식 중에 신부의 머리에 부딪혀 깨뜨렸는데, 이는 신부의 처녀 시절이 끝나는 것을 상징하였다. 오늘날 영국의 웨딩 케이크는 매우 공들여 만든 화려한 모습을 자랑한다. 풍부한 재료를 섞어서 구운 케이크 위에 마지팽(아몬드 분말과 시럽을 섞어서 만든 반죽)으로 장식을 하고 그 위에 두꺼운 설탕을 입혀서 딱딱하게 만든다. 그 당의가 얼마나 굳건한지 연약한 신부 혼자의 힘으로는 도저히 자를 수 없다. 그리하여 신부와 신랑이 함께 케이크를 자르는 풍습이 생겼다.

전형적인 웨딩 케이크는 3층으로 만들어지며 각 층은 설탕으로 만든 기둥이 지탱해 준다. 제일 위층은 보통 결혼식에서는 커

우리 낭군님은
어떤분이
실까-?
오~
우리이쁜자기.
오늘도일용할양식을..

팅하지 않고 조심스럽게 포장하여 저장해 두었다가 결혼 1주년 기념일에 다시 사용한다고 한다. 과거 영국에는 아직 결혼을 하지 않은 처녀가 웨딩 케이크 한 조각을 베개 밑에 넣어두면 곧 배우자를 만나게 된다는 속설이 있었다. 결혼식에 참석했던 처녀들은 각자 케이크 한 조각씩을 소중하게 집으로 가지고 와서 베개 밑에 넣고 꿈을 꾸었다. 미국의 결혼식에서도 웨딩 케이크는 필수품인데 영국의 것에 비하면 훨씬 단순하다. 대개 스펀지 케이크이거나 버터 케이크, 최근에는 치즈 케이크도 종종 사용된다. 물론 이 위에도 설탕 시럽으로 당의를 입히기는 하지만 베개 밑에 두는 사람은 없다. 케이크 한 조각은 냉동실에 보관했다가 결혼 1주년 기념일에 나누어 먹는다. 서로에 대해 환상이 깨어지고 있을 즈음, 냉동실 문을 열고 웨딩 케이크 조각을 꺼내어 결혼식 날 설레고 기쁨에 들떴던 기분을 되살리는 것은 썩 괜찮은 풍습인 듯하다.

최초의 음식 철학자

프랑스 대혁명 기의 법관이며 정치가였던 브리야 사바랭은 그의 정치적 행보나 법관으로서의 업적보다 미식가로서 명성이 더 드높다. 그는 대혁명 중에 미국으로 가서 머물렀는데, 그 동안에도 미국인들에게 스크램블드 에그를 만드는 법을 가르쳤다고 한다. 그는 평생 음식과 식사 매너에 대하여 꾸준히 조사한 것을 메모하였다가 1826년에 출판하였다. '미각의 생리학' 이라는 다소 현학적인 제목의 이 책은 30년 동안 미식과 탐식을 연구한 전문가의 식견을 보여줌에 부족함이 없다. 브리야 사바랭은 스스로 요리를 하지 않았다. 그는 어떤 점에서는 최초의 음식 철학자였던 셈이다. 특히 이 책에는 저자 특유의 간결한 경구들이 돋보이는데, 그 중 몇 가지를 적어보면 다음과 같다.

왠지
이 빵에선
매우 철학적인
냄새가 나...
그거
상한건디유..
유통기간
: 작년
이맘때
빵! 빵!
빵! 빵
빵

- 치즈가 빠진 디저트는 눈이 하나 없는 미녀와 같다.
- 칠면조는 신세계가 유럽에 선사한 최고의 선물이다.
- 생명이 없다면 이 세계는 아무 것도 아니며, 모든 생명체는 먹어야 산다.
- 동물은 먹이를 먹고 사람은 음식을 먹는다. 단지 지성이 있는 사람만이 음식 먹는 법을 안다.
- 한 민족의 운명은 그들의 식생활 방법에 의하여 결정된다.

- 당신이 뭘 먹는지 말해보라. 그러면 나는 당신이 누구인지 말해주겠다.
- 인간이 살기 위해서 먹을 수밖에 없는 운명을 지워준 조물주께서는 식욕으로 격려하고 즐거움으로 상을 내린다.
- 식도락은 판결하는 행위이다. 어떤 것이 우리의 미각에 영합하고 어떤 것이 영합하지 않는가를 판단하는 잣대이다.

15인분의 크리스마스 정찬

오늘날 유럽 사람들은 일반적으로 미국인들보다 적게 먹는다. 그러나 이러한 경향은 비교적 최근에 시작된 것처럼 보인다. 18세기 중반 영국 옥스퍼드 대학의 부학장이 남긴 기록을 보면 당시 사람들은 지금보다 훨씬 대식가였다는 것을 알 수

있다. 이 부학장은 크리스마스 정찬에 열다섯 명을 초대했다. 당시는 코스 요리가 아니라 한꺼번에 테이블 가득 음식이 차려지는 방식이었는데, 이 정찬에는 테이블이 두 번 차려졌다.

첫 번째 차림에는 대구 찜 두 마리, 튀긴 가자미, 최상급 로스트 비프, 오이스터 소스, 완두콩 수프, 오렌지 푸딩이 차려졌으며, 이를 다 먹은 다음에는 두 번째의 상차림이 시작되었다. 야생 오리 구이, 양 한 마리의 4분의 1에 해당하는 양고기 요리, 샐러드, 고기 파이 등이 차려졌다. 이를 모두 끝낸 다음에는 후식으로 플럼 케이크를 먹었다. 식사는 오후 세 시에 시작되었다고 기록되어 있는데 참석자들이 집에 돌아가 저녁을 또 먹었는지는 밝혀진 바 없다.

대구 찜 두 마리, 튀긴
가자미, 최상급 로스트
비프, 오이스터 소스,
완두콩 수프, 오렌지 푸딩
야생 오리 구이, 양 한 마리
4분의 1에 해당하는
고기 요리, 샐러드,
기 파이

럽 케이크

열네 번째 게스트

서양에서는 전통적으로 13이라는 숫자를 두려워하고 기피했다. 이러한 터부는 생활 곳곳에 스며들었는데 특히 즐거워야 할 사교 모임에서는 더욱 그러했다. 정찬을 준비한 호스트는 초대한 게스트가 열세 명이 되지 않도록 신경 써야만 했다. 물론 처음부터 열세 명의 게스트를 초대하지는 않는다. 그러나 만일 열네 명을 초대했는데 그 중 한 명이 급한 일로 불참을 통보해 왔다면 어떻게 할 것인가. 이를 방지하기 위하여

....
자~
번호표받으세요
13
Friday's
PARTY

열다섯 명을 초대했는데 우연히 동시에 두 명이 불참했다면 어떻게 할 것인가. 이 불길한 가능성을 원천 봉쇄하기 위해서는 처음부터 열두 명 이하의 게스트를 초대하거나 아예 스무 명, 서른 명이 넘는 게스트를 초대하는 수밖에 없었을 것이다.

이 골치 아픈 난제에 대하여 확실한 해답을 찾은 것은 사교 지향적인 파리지엔들이었다. 19세기 파리에는 스스로를 '열네 번째 게스트'라고 칭하는 일군의 남자들이 등장했다. 매일 오후가 되면 이들은 말쑥하게 차려입고서 언제든지 출발할 준비를 갖추고 기다렸다. 초대한 게스트로부터 불참을 통보 받은 집주인은 하인을 보내어 이들을 모셔갔다. 그러면 열네 번째의 '준비된' 게스트는 우아하게, 마치 초대받은 듯이 사교장으로 들어섰다. 이들은 인기도 좋았다. 왜냐하면 경험이 다양하고 풍부하여 말을 잘 했으며, 무엇보다도 전문적인 정찬 매너를 갖추었기 때문이었다.

요리책의 전성시대

지난 20세기는 가히 식탁의 혁명기였다. 목숨을 이어가기 위한 에너지원으로 음식을 먹는 것이 아니라 오랫동안 상류 특권층의 전유물로만 이어지던 즐거움을 위한 식사가 일반 대중에게 폭발적으로 어필한 것이었다. 사람들은 이에 폭발적으로 화답하였으며 음식과 그에 관련된 산업은 폭발적으로 성장하였다. 그 중 한 가지 지표를 들라면 음식과 요리에 관련된 서적의 출판을 꼽을 수 있다.

요리책은 더 이상 요리법을 설명한 책이 아니다. 사진과 인쇄 기술의 혁신적인 발전은 요리책을 보는 것만으로도 즐거운 '작품'으로 탈바꿈시켰다. 요리 전문 사진가가 고소득을 올렸고, 요리 전문 기자가 능력을 인정받았으며, 요리 전문 출판사의 사장이 대기업가의 반열에 올라서게 되었다. 실제보다 더 유혹적인 사진과 이를 돋보이게 하는 디자인은 독자의 시각을 그대로 미각으로 연결시켰다. 사람들은 더 많은 시간 동안 더 많은 음식에 대해서 생각하게 되었다. 또한 음식에 대한 출판은 요리책의 영

역을 벗어났다. 음식에 대한 역사적, 문화적, 심리적, 사회적, 철학적인 접근과 분석이 시작되었으며, 음식 문화에 대한 관심과 연구는 한동안 계속될 것처럼 보인다.

그 결과는 무엇일까. 오늘날 생계의 위협을 벗어난 대부분의 사람들은 지나치리만치 식탐을 즐기고 있다. 그러는 사이 지구의 다른 곳에서는 수천만의 사람들이 생사의 기로에서 기아와 싸우고 있으며, 또 다른 한 편에서는 수천만의 사람들이 과도한 체중을 줄이기 위하여 막대한 돈을 쓰고 있다.

최고의 스테디셀러, 올리브 오일

올리브 오일에 대한 고대 로마인들의 애정은 지극한 것이었다. 기록에 의하면 로마인들은 유지(油脂)로는 오직 올리브 오일만 먹었다고 한다. 뿐만 아니었다. 로마인들은 긴장과 피로를 완화하기 위하여 올리브 오일로 전신 마사지를 했으며, 올리브 오일로 비누를 만들었고, 여자들은 향을 첨가한 올리브 오일로 머리를 다듬었다. 올리브 오일의 수요는 실로 막대한 것이었다. 율리우스 카이사르 황제는 정복지인 누미디아(현재 알제리)에 매년 3백만 리터의 올리브 오일을 공물로 바칠 것을 요구했다. 타키투스는 정복지 튀니지에 올리브 나무를 심어 로마 제국에 올리브 오일 공급을 담당하게 하였다.

olive
oil

올리브 오일은 올리브 나무의 열매로부터 얻어진다. 올리브 나무에 대한 기록은 구약성경의 창세기에서도 발견된다. 온 세상을 물로 뒤덮어 버린 대홍수, 어두컴컴한 방주 안에서 온갖 동물과 함께 지내던 노아는 바깥 세상을 알아보려고 비둘기를 날려 보낸다. 비둘기는 저녁 때가 되어 돌아왔는데 올리브 나뭇가지를 부리에 물고 있었다. 이것은 홍수가 잦아들고 나무가 살아있다는 표시였다.

올리브 나무의 원산지는 지중해로 알려져 있다. 지중해 동부 해안 지방에는 기원전 3천년 경부터 올리브 나무를 재배하여 그 열매로 오일을 얻었다는 기록이 있다. 그 후 지중해를 중심으로 고대 그리스의 도시 국가와 메소포타미아 무역 도시 사이에 교

역이 활발해지면서 올리브 오일의 생산도 늘어났다. 당시 올리브 오일의 주 생산지는 시칠리아 섬, 이탈리아 반도, 북아프리카, 카탈루냐 지방 등이었다.

이처럼 지중해 연안에서는 올리브 오일의 애용이 역사만큼이나 오래 되었지만, 이것이 서양의 다른 나라, 특히 영국이나 미국, 호주 등의 국가에서 사용되기 시작한 것은 비교적 최근의 일이다. 그러나 일단 입맛을 사로잡은 올리브 오일은 엄청난 속도로 뿌리를 내리고 있다. 매년 엄청난 물량의 올리브 오일이 지중해로부터 수출된다. 특히 20세기 말, 건강에 대한 관심이 증가하면서 올리브 오일은 전 세계적인 인기를 누리고 있다.

유럽의 음식 문화는 올리브 오일을 먹는 지역과 버터를 먹는 지역으로 나뉜다. 올리브 오일은 지중해를 둘러싼 나라, 즉 스페인, 이탈리아, 프랑스 등에서 다양하고 전격적으로 사용되어 왔다. 올리브 오일을 빼놓고 지중해 음식을 얘기할 수 없을 정도이다. 그러나 유럽의 다른 지역, 특히 영국에서 신선한 올리브 오일을 맛본다는 것은 어려운 일이었다. 저장 기술도 초보적이었고 수송기술도 발달되지 않았기 때문에 지중해에서는 신선하고 맛있었던 올리브 오일이 영국에 도착할 때 쯤에는 절은 냄새 지독한 기름으로 변질되어 있었다. 자연히 영국 사람들은 올리브 오일에 매력을 느끼지 못했으며 영국의 문화권에 있던 나라들도 마찬가지였다.

올리브 오일이 인기를 끌기 시작한 것은 성인병에 대한 관심이 높아진 것과 시기를 같이 한다. 올리브 오일을 상식하는 나라 국민들은 버터를 상식하는 지역의 국민들에 비하여 심장병 발병률이 낮다는 것이 밝혀짐으로써 버터는 인기를 잃어갔으며 그곳에 올리브 오일이 자리 잡았다. 그러나 올리브 오일의 인기는 건강 때문만은 아니다. 일단 올리브 오일의 오묘한 맛에 길들여지면 다른 어떤 유지(油脂)로도 대신할 수 없게 된다. 건강과 맛에 민감한 사람들은 빵 위에 버터를 바르는 대신에 올리브 오일에 찍어 먹으며, 샐러드에는 마요네즈 대신에 올리브 오일과 식초를 뿌려 먹는다. 튀김을 하거나 볶음을 할 때에도 올리브 오일을 사용한다. 물론 올리브 오일은 기존의 버터나 대두유보다 월등히 비싸다. 그러나 현대인들에게 건강과 맛을 위해서라면 그 정도의 지출은 별 문제가 안 된다.

17세기 영국왕실의 여름 정찬

17세기 영국의 패트릭 램이라는 요리사는 50년 동안 영국 왕실의 수석 요리사로 일하면서 찰스 2세, 제임스 2세, 윌리엄 왕과 메리 여왕, 그리고 앤 여왕까지 다섯 군주의 식사를 담당했다. 그는

1710년에 ‘왕실의 요리법’이라는 요리책을 썼는데, 영국 왕실의 식단을 엿볼 수 있는 귀중하고 흥미로운 자료이다. 그 중에서 왕실의 여름 정찬 메뉴를 보면 다음과 같다.

♣ 첫 번째 상차림

베스트팔리아 햄과 치킨

생선 비스크(진한 크림 수프)

로스트 한 사슴 허벅지 살

사슴 고기를 넣은 파이

로스트 한 가금류

사슴 내장을 다져 넣은 파이

닭고기 프리카세(고기를 가늘게 다져 넣은 스튜)

라드를 발라서 로스트 한 칠면조

플로렌스 식 아몬드 요리

최신 유행의 쇠고기 요리

♣ 두 번째 상차림

꿩과 자고 요리

로스트 한 랍스터

석쇠에 구운 파이크(생선의 일종)

크림을 친 타르트

얼음 사탕과자

송아지 내장 요리

샐러드

프랑스 요리를 사랑한 미국대통령

미국의 3대 대통령이었던 토머스 제퍼슨은 프랑스 요리를 정식으로 미국에 소개한 것으로 알려져 있다. 대통령이 되기 이전, 제퍼슨은 외교 사절로 프랑스에 파견되어 몇 년을 프랑스에서 보내게 된다. 그 때까지 제대로 된 프랑스 요리를 맛볼 기회가 없었던 제퍼슨은 세계적인 명성을 누리는 프

랑스 요리의 섬세함과 화려함에 매료되어 칭찬을 아끼지 않았다. 임기를 끝내고 미국으로 돌아온 제퍼슨은 프랑스 요리를 잊을 수 없었다. 그는 프랑스인 요리사를 불러서 큰 만찬을 열었다. 만찬에 초대된 미국인 친구들은 제퍼슨이 그토록 매료되었다는 프랑스 요리를 대접받았다.

제퍼슨은 1801년 대통령에 선출되었다. 그는 프랑스 요리사를 대통령 관저로 데리고 갔으며, 백악관의 공식 만찬에는 프랑스 요리가 차려졌다. 그러나 프랑스 요리에 탐닉하거나 최소한 맛볼 수 있는 것은 극히 제한된 소수였을 뿐, 대부분의 미국인들에게 프랑스 요리는 영향을 주지 못했다.

그로부터 30년이 지난 1832년에 뉴욕에 최초의 프랑스 음식점 델모니코스 레스토랑이 문을 열었다. 프랑스 요리는 상류 사회를 중심으로 조금씩 인기를 얻기 시작했다. 프랑스 요리법을 가르치는 학교가 문을 열었고, 미국 전역의 주부와 예비 주부들이 프랑스 요리법을 진지하게 배우고 익혔다. 그러나 프랑스 요리의 인기는 오래가지 못했다. 미국 경제가 호황을 거듭하고 수많은 유럽인들이 이민을 오면서 도시에는 각 나라의 음식점들이 줄줄이 들어섰다. 처음에는 독일 요리와 네덜란드 요리가 프랑스 식당과 경쟁했다. 그러나 얼마 지나지 않아 이탈리아 음식이 모든 것을 평정했다. 그리하여 피자는 이제 미국을 대표하는 음식이 되어 버렸다.

영국에는 오직 한가지 소스밖에 없다

영국과 프랑스는 말 그대로 '멀고도 가까운 나라' 이다. 전통적으로 이들 두 민족은 모든 면에서 경쟁 상대로 겉으로는 우호적인 협력을 천명할 때에도 속으로는 은근히 서로를 경멸해 왔다. 그 중에서도 음식 문화에 관한 영국인과 프랑스인 사이에 타협은 없었다. 영국인들은 프랑스 요리가 지나치게 장식적이며 가식적이라고 비판하였다. 프랑스 육류 요리의 특징은 다양한 양념과 소스가 듬뿍 사용된다. 이에 반하여 영국식 육류 요리는 담백하기가 이를 데 없다. 소금과 후추만 있으면 된다.

최근 광우병 파동 때문에 자존심에 손상을 입기도 했지만 영국인들은 아직도 영국산 쇠고기에 대한 자부심이 대단하다. 세계

최고라고 믿는다. 그렇기 때문에 양념이나 소스를 사용하면 오히려 맛이 반감된다고 믿었다. 프랑스인들이 스테이크에 소스를 팍팍 쓰는 것은 고기의 품질이 떨어지기 때문이라고 주장했다. 이에 대하여 1813년 어떤 프랑스 요리사가 반격을 가했다. 그는 영국인들이 알고 있는 소스란 오직 한 가지 '녹인 버터'라고 비꼬았다. 그의 말에 의하면, 영국 요리에 사용되는 소스는 다음과 같다. '녹인 버터와 안초비, 녹인 버터와 케이퍼(서양 풍조목 꽃봉오리 초절임), 녹인 버터와 파슬리, 녹인 버터와 달걀, 무조건 녹인 버터…'

영국 신사는 야채를 싫어한다?

영국의 19세기는 신사의 시대였다. 온갖 복식 예절과 여성에 대한 예의와 테이블 매너로 무장한 영국 신사들이 한 손에 긴 우산을 들고 거리를 활보했다. 그러나 그들은 매우 불건강하고 불균형한 식습관을 유지하고 있었다. 영국 식사는 고기와 파이로 점철되었다. 야채는 열등한 먹거리로 취급되었고, 가난한 자들의 음식으로 치부되었다. 야채가 식탁에 오를 때에는 푹 삶아져서 고기 요리 옆에 놓일 뿐, 독립된 요리로 생각되지는 않았다.

영국인의 사전에
'야채'란
없다!!
영국사전
고기 고기 고기 고기
고기 고기 고기 고기 고기

영국인들은 프랑스인들이 야채를 너무 많이 먹고 그에 비하여 고기를 너무 적게 먹는다고 비판했다. 영국 메뉴에는 야채 요리에 대한 언급이 거의 없었다. 어쩌다 샐러드가 등장한다고 해도 그것은 한 시간 전부터 드레싱을 뿌려 파김치처럼 절어 있는 것이었다. 영국인들은 야채나 과일보다는 소나 양의 지방으로 만든 푸딩을 선택했다. 육식으로 일관된 정찬이 끝나도 이 푸딩 한두 개를 먹지 않으면 식사가 완전히 끝나지 않은 것으로 여길 정도였다고 한다.

야채의 천국, 신대륙

신대륙에 정착한 이민자들은 주로 영국에서 온 사람들이었다. 이들이 가져온 음식 문화는 소박하고 단순한 영국 청교도의 식단이었다. 네덜란드와 독일에서 온 이민자들의 식단은 이보다는 좀 더 화려하고 다양했다. 이들 문화가 섞여서 미국식의 소박한 음식 문화가 형성되었다. 다만 미국식 식단이 본토 영국식과 현저하게 달랐던 것은 신대륙에는 다양하고 맛있는 야채가 천지에 널려 있었다는 점이었다. 유럽에서는 맛볼 수 없었던 새로운 야채 요리가 미국인들의 식탁에 오르기 시작했다. 과즙이 풍부한 잘 익은 토마토는 날로 먹거나 요리해서 먹었다. 오이는 얇게 썰어서 날로 먹었으며 가지는 둥글게 썰어서 기름에 튀겼다. 인디언의 방식대로 다양한 종류의 콩과 곡식을 넣어 죽을 끓였으며, 옥수수는 스팀으로 쪄서 먹었다. 이 모든 것은 유럽인들이 신세계로부터 얻은 혜택이었다. 미국이 땅을 늘리기 위해 인디언을 멸종시킨 후에도 인디언으로부터 전수받은 먹거리는 여전히 남아서 미국인의 식탁을 풍성하게 하고 있다.

채식주의 열풍의 숨겨진 진실

해마다 많은 사람들이 채식주의자 대열에 합류한다. 이제 채식주의는 역사의 흐름이며 시대의 유행이다. 채식주의자라고 해서 모두 같은 것은 아니다. 생선과 흰 살 육류를 허용하는 채식주의도 있고, 우유와 치즈까지만 허용하는 채식주의도 있으며, 오로지 식물성만 먹는 정통 채식주의도 있다. 그러나 이들의 한결같은 공통점은 붉은 살 육류를 절대로 먹지 않는다는 것이다.

사람들이 고기를 먹지 않겠다고 결심하는 데에는 우선 종교적인 이유가 있다. 원래부터 살생과 피를 금하고 있는 종교에서 육식은 상상도 하기 어려운 일이다. 그러나 그러한 종교를 신봉하지 않는 사람들 중 다수가 식용 가축이 얼마나 비인도적으로 사육되고 도축되는지 알게 된 순간 더 이상은 고기를 먹을 수 없다고 결심한다. 일단 채식주의자가 된 사람들은 어제까지 함께 고기를 먹었던 친구들을 경멸스런 눈초리로 바라본다.

그러나 고기를 혐오하는 사람들 중 다수는 요리된 육류의 형태가 동물을 연상시키기 때문에 거부감을 가지고 있다. 통닭을 혐오하는 사람들도 닭고기를 으깨어 만든 너겟은 별 생각 없이 먹을 것이다. 소꼬리 찜에 치를 떠는 사람이 햄버거는 잘 먹을는지도 모른다. 불판에서 익어가는 삼겹살을 보면서 도축된 돼지를 연상하는 사람은 드물 것이다.

또 하나 흥미로운 분석에 의하면 요즘 사람들이 육식을 기피하는 데에는 입맛의 변화가 큰 이유라는 것이다. 한동안 고기를 최고의 음식으로 치고 주식으로 삼아온 서양인들에게 굽거나 찌거나 삶거나 튀긴 고기 요리는 더 이상 신선한 맛이 아니라는 것이다. 실제로 미국과 프랑스 일부에서는 사냥으로 잡은 새를 '신선하게' 날 것으로 먹는다고.

지 아이 제인은 채식주의자였다

일반적으로 채식주의자 하면 두 가지 이미지가 떠오를 것이다. 하나는 종교 지도자나 인권 운동가의 이미지이고 또 하나는 섬세한 예술가의 이미지이다. 종교 지도자로는 우선 예수 그리스도를 꼽을 수 있다. 뿐만 아니라 우리나라 역사상 수많은 위대한 스님들도 모두 채식만 했다. 독립운동가 마하트마 간디도 채식주의였으며 인권운동가 마틴 루터 킹 목사도 채식주의였다. 자연을 노래한 시인 워즈워스, 러시아의 대문호 톨스토이, 미국이 자랑하는 마크 트웨인, 프랑스의 지성 볼테르도 모두 채식주의자였던 것으로 알려져 있다.

걸출한 과학자들도 많다. 만유인력을 발견한 아이작 뉴턴, 다재다능의 대명사 레오나르도 다빈치, 천재 물리학자 아인슈타인, 발명왕 에디슨, 이들도 모두 채식만 했다고 한다. 마이크로 소프트의 신화를 창조한 빌 게이츠도 한때 채식주의자로 알려져 있었다. 그러나 실제로 그는 고기를 먹는 것으로 밝혀졌다. 채식주의의 영웅으로 빌 게이츠를 꼽았던 사람들은 실망했을 것이다.

그런가 하면 세계를 제패했던 전설의 육상 선수 칼 루이스도 채식주의자로 알려졌었다. 그러나 이 역시 오보였다. 그는 체중 감량 훈련에 돌입할 때에만 채식을 했던 것이다. 아, 역시 채식만 하면 체력의 한계를 극복할 수 없나보다 라고 생각한다면, 그 역시 오해다. 영화 '지 아이 제인' 에서 한 손으로 팔굽혀펴기를 해서 수많은 남자들을 주눅 들게 만들었던 데미 무어를 보라. 그녀는 자타가 공인하는 채식주의자이다..

저지방 음식의 허와 실

지난 세기의 마지막 10년, 1990년 대는 바야흐로 '웰빙' 개념이 주목받기 시작한 시기이다. 그 중에서도 먹거리에 저지방 음식 열풍이 몰아쳤다. 저지방 우유, 저지방 크림, 저지방 치즈, 저지방 아이스크림, 저지방 샐러드 드레싱이 슈퍼마켓의 진열대를 채웠다. 레스토랑에서는 기름을 사용하지 않고 조리한 요리들이 선을 보였고, 스테이크 하우스에서는 지방

을 제거한 고기로 구운 스테이크를 메뉴에 올렸다. 전통적으로 칼로리보다는 맛을 중요하게 여기는 이탈리아의 카페에서도 탈지 우유로 거품을 낸 카푸치노를 내놓았다. 원래 기름기의 온상이 패스트 푸드에도 '기름기를 쪽 뺀' 혹은 '저지방의' 등의 선전 문구가 더해졌다.

쌀함량 0%.
떡볶이야~
요샌 이게
웰빙제품이거덩!

과도한 지방 섭취가 성인병의 주 요인이라는 것은 주지의 사실이다. 그러나 과연 지방 섭취만 제한한다고 다 해결되는 것은 아닌 것 같다. 최근에는 탄수화물도 위험 요인으로 지적되고 있다. 복부 비만이 각종 성인병의 주범으로 지목되면서 특히 동양인에게 많은 복부 비만이 과도한 탄수화물 섭취 때문이라는 것이다. 이제 우리나라에서는 새로운 메뉴가 등장해야 할 것이다. 저탄수화물 라면, 탄수화물을 쪽 뺀 김밥, 쌀을 사용하지 않은 떡…

소금 위에 앉으십시오

영어 표현 중에 'sit above the salt'라는 말이 있다. 직역하면 '소금 위에 앉다'라는 뜻인데, 이는 상석에 앉는 것을 의미하는 역사적인 표현이다. 중세 시대의 만찬에서 가장 중요한 손님은 만찬장의 주인과 나란히 특별한 자리에 앉았는데, 그 중앙에는 거대한 소금 저장고가 있었다. 따라서 주인과 중요한 손님은 소금의 위쪽에, 그보다 덜 중요한 손님들은 소금의 아래쪽에 앉는 것이 관례로, 소금으로부터 가장 멀리 떨어져 앉는 손님은 가장 중요하지 않고 가장 권력이 없는 사람이었다. 그토록 소금은 중요한 물건이었다. 고대의 교역에서 소금은 화폐의 역할을 하기도 했으며, 역사적으로 대부분의 중앙 집권 국가에서 전

매 제도로 소금을 규제하였다. '봉급'이라는 뜻의 영어 '샐러리(salary)'는 라틴어의 '살라리움(salarium)'에서 유래하였는데, 이는 소금을 지급한다는 뜻이다.

소금이 귀하던 시절에는 불충분한 염분 섭취로 인한 신체적 장해가 문제였던 반면, 소금이 넘쳐나는 오늘날에는 염분의 과잉 섭취로 인한 성인병이 문제시되고 있다. 식염의 과잉 섭취는 고혈압의 위험을 증가시키는 것으로 알려져 있으며 세계보건기구에서는 성인의 경우 하루에 5그램을 넘지 말라고 권유한다. 이제 소금 위에 앉으라는 권유는 손님에 대한 배려가 아니라 그를 성인병으로 내모는 악담이 된 것이다.

"식사 끝났습니다."

서양 정찬에서는 크기와 모양이 다른 여러 벌의 포크와 나이프가 사용된다. 테이블 매너에 의하면 가장 바깥쪽에 있는 것부터 사용해야 남들의 눈총을 받지 않는다. 한 가지 코스에 한 벌의 포크와 나이프를 사용하는데 식사가 끝나면 접시 위에 포크와 나이프를 얹어 식사가 끝났음을 표시한다. 그런데 그 방법이 나라에 따라서 다르다.

영국에서는 나이프와 포크를 나란히 접시 위에 얹는데, 이 때 나이프의 칼날은 안쪽으로 하고 포크의 창끝은 위쪽으로 향하게 한다. 영국 문화권에 속한 나라에서도 그렇다. 프랑스와 이탈리아에서도 포크와 나이프를 접시 위에 나란히 올려놓기는 마찬가지이지만, 포크의 창끝을 아래로 향하게 한다. 벨기에에서는 포크와 나이프를 접시를 가로질러서 왼쪽을 향하여 올려놓는데, 이 때 포크의 창끝은 위쪽을 향한다. 그리스에서는 포크의 창끝을 아래쪽으로 하여 놓고 그 위에 나이프를 교차시켜 놓는다.

그 복잡한 방법을 다 외울 필요는 없다. 당신이 식사를 마칠 때쯤이면 레스토랑의 웨이터 혹은 서빙하는 직원이 와서 식사를 마쳤느냐고 친절하게 물어볼 것이기 때문이다. 그 말을 알아듣지 못하면 어떻게 하느냐고? 세계 공용어인 바디 랭귀지를 사용하는 수밖에.

음식에 관한 문화적 차이

다른 모든 것도 그렇겠지만 특히 음식에 관한 에티켓이나 관습은 나라와 문화에 따라서 상당히 다른 경우가 많다. 그렇기 때문에 실수하기도 쉽다. 식사 초대를 받았을 때 꽃을 들고 갈 거라면 조심해야 한다. 꽃은 그 자체로도 상당히 상징적일 뿐만 아니라 문화에 따라 전혀 다른 의미를 나타내기 때문이다. 서양에서는 일반적으로 붉은 장미는 연정을 나타낸다. 따라서 당신이 들고 간 붉은 장미 한 다발이 오해를 불러일으킬 소지가 있다면 다

른 꽃을 선택하도록 한다. 우리나라를 비롯한 몇몇 동양 국가에서는 국화나 흰색 꽃은 장례식 용이다. 설마 한 다발 흰색 국화를 들고 잔칫집에 가는 사람은 없을 것이다. 월화향이나 바이올렛 등 향기가 짙은 꽃도 피하는 게 좋다. 당신의 꽃을 선물 받은 주인은 그 꽃을 식탁에 장식해야 한다고 생각할 것이다. 그러면 꽃의 짙은 향기는 오히려 식욕을 저하시킬 수 있다.

서양에서는 가벼운 파티에 초대받았을 때 와인을 들고 가는 경 우가 종종 있다. 여기에도 위험이 따른다. 특히 당신을 초대한 집주인이 포르투갈이나 스페인 사람이라면 다시 한 번 고려해야 한다. 와인을 식사의 필요조건으로 여기는 집주인은 혹시 자신이 충분한 와인을 사놓을 만큼 능력이 없는 것으로 판단되었을까 하여 기분이 나빠질는지도 모른다. 뿐만 아니라 만일 당신이 가져간 와인이 집주인의 취향과 다르거나, 더 나쁜 경우 주인이 준비한 것보다 급이 낮은 와인이라면, 집주인은 딜레마에 빠질 것이다. 당신이 사온 와인을 낸다면 식사의 품격이 떨어지고, 그렇다고 당신이 사온 와인을 무시하면 당신의 호의를 모독하는 셈이 되는 것이다.

당신 앞에 놓인 요리에 소금을 뿌리는 것도 위험하기는 마찬가지다. 만일 당신이 음식을 맛보기 전에 소금을 뿌린다면, 그것은 원래 당신의 입맛이 짠 것을 선호한다고 받아들여지기 보다는, 집주인의 음식 솜씨를 믿지 못하겠다는 암시로 받아들여질 것이다. 특히 헝가리에서 이런 행위는 매우 예의 없는 것으로 여겨진다. 그러나 일단 맛을 본 후에 소금을 친다면 그것도 문제다. 집주인이 충분히 간을 맞추지 않았다는 것을 몸으로 보여주는 셈이 될 테니. 만일 중국인의 가정에 초대를 받았을 때 이런 일이 벌어진다면 집주인은 당신이 미안해 할 때까지 사과를 계속할 것이다. 그러면 가장 안전한 방법은 무엇일까? 싱거우면 싱거운 대로, 짜면 짠 대로, 집주인이 정성스럽게 만든 음식을 먹어주면 된다.

여왕의 특별한 크리스마스 파이

요즘 젊은이들이야 그렇지 않겠지만 아직도 많은 영국인들은 빅토리아 시대에 대한 막연한 향수를 가지고 있다. 빅토리아 여왕이 군림하던 19세기, 영국은 세계 최강의 국력을 자랑하며 태평성대를 누렸기 때문이다. 빅토리아 여왕은 1837년 열여덟의 나이에 왕관을 받은 이후 64년 동안이나 권좌를 지켰는데 이는 현재까지 영국 역사상 가장 긴 치세로 기록된다. 남편인 앨버트 공과의 사이가 각별했던 여왕은 현모양처로 국민적 존경을 받았다. 그러나 남편의 사망에 충격을 받은 여왕은 이후 행동 반경을 크게 줄여버린다. 이 시기 여왕의 사생활에 대한 소문을 다룬 영화가 '미시즈 브라운' 이다.

사생활이 행복했든 불행했든 간에 빅토리아 여왕은 영국 역사상 가장 풍요로운 시기를 누렸다. 그러나 여왕의 취미는, 그 엄청난 왕실의 부에 비해 볼 때, 그다지 사치스럽지는 않았다. 크리스마스가 오면 여왕은 다량의 파이를 만들어서 친구들에게 선물로 보냈다. 이 특별한 파이 하나를 만들기 위해서는 도요새, 꿩, 닭, 칠면조가 각각 한 마리씩 필요했다. 뼈를 발라낸 도요새를 꿩의 배 속에, 그 꿩을 닭의 배 속에, 그 닭을 칠면조의 배 속에 넣어 통째로 큼직한 파이 접시에 얹고 그 위에 바삭바삭하고 두꺼운 파이 껍질을 씌워 오븐에 구웠다. 그렇게 해서 파이 한 조각을 먹으면 네 가지의 서로 다른 조류를 한꺼번에 맛볼 수 있었다.

맥주 한 컵

V

맥주보다 소주를 선호하는 사람들은 맥주가 배불러서 싫다고 한다. 다이어트에 민감한 여자들은 높은 칼로리 때문에 맥주를 피한다고 한다. 독일식 맥주집 벽에 으레 걸려있는, 일 리터짜리 맥주잔을 양 손 가득 들고 함박웃음을 짓고 있는 넉넉한 독일 아줌마의 모습이 떠오른다는 것이다. 그래서 남녀를 불문하고 술을 좀 한다 하는 사람들은 맥주보다는 소주를, 여유가 있으면 독한 양주를 마시려고 한다.

그러나 다른 모든 조건을 배제하고 열량 면에서만 따져 본다면 이는 결코 진실이 아니다. 맥주의 나라 독일의 아저씨 아줌마가 넉넉하고 풍성하게 살이 찐 것은 맥주 때문이라기 보다는 맥주와 함께 먹는 소시지와 감자 때문일 것이다. 또한 저녁마다 회식자리에서 삼겹살에 소주를 마신 직장인의 배가 나오는 것은 놀랍게도 삼겹살보다는 소주가 주 원인일 것이다.

무색 투명하기 때문에 칼로리도 없을 것이라는 선입견과는 달리 소주 한 잔(50ml)은 무려 90칼로리의 열량을 가지고 있다. 한 병을 마시면 가볍게 630칼로리를 섭취하는 것이다. 그렇다고 소주 한 병에 배가 부른 것은 아니기 때문에 그러므로 식사는 식사대로 안주는 안주대로 먹게 된다. 반면에, 맥주 캔 하나는 170칼로리의 열량을 낸다. 네 캔을 마셔야 소주 한 병의 열량과 맞먹는 것이다. 이 정도 마시면 배도 적당히 부를 것이다. '라이트' 라는 딱지가 붙은 맥주는 칼로리가 더 적기 때문에 여섯 캔을 마셔야 소주 한 병의 칼로리와 맞먹는다. 안주로 기름에 튀긴

소시지를 먹지만 않는다면 다이어트에 그다지 치명적인 것은 아니다.

그렇다면 다른 술은 어떨까. 눈치를 챘겠지만 독한 술일수록 칼로리가 높다. 위스키 한 잔(40cc)은 110칼로리, 보드카 한 잔(40cc)은 100칼로리나 한다. 식사 대용으로 마시는 막걸리 한 사발과 맞먹는 열량이다. 심장병 예방에 효과가 있다고 해서 세계적으로 인기를 끌고 있는 적포도주 반 글라스(150cc)는 125칼로리. 보통 750cc인 와인 한 병을 다섯 번에 나누어 따르는 분량이다. 백포도주는 이보다 조금 더 칼로리가 높다.

칵테일의 전설

술에 다른 음료를 혼합하여 만드는 칵테일은 기원을 따져 보자면 아마도 고대 이집트까지 거슬러 올라갈 것이다. 그러나 우리가 보통 칵테일이라고 부르는 것은 1920년 대 미국으로부터 그 유행이 시작되었다. 당시 미국은 금주령이 발효되어 있었다. 그러나 술을 즐기던 사람들이 하루아침에 술을 끊을 수 있겠는가. 그리하여 온갖 편법이 생겼다. 술 판매를 금지당해 주스나 팔아야 했던 술집 주인들은 투명한 독주에 색이 짙은 과일 주스를 섞기 시작했다. 보드카에 오렌지 주스를 타면 겉으로는 오렌지 주스처럼 보였다. 사람들은 단속반이 보는 가운데 태연하게 이 음료를 마시고 '이 집 오렌지주스 참 맛있군요' 라는 인사를 던지고 유유히 술집을 걸어 나갔다.

칵테일에는 진토닉, 위스키코크, 보드카라임 등 혼합한 재료의 이름을 그대로 붙이는 것도 있지만, 칵테일을 창조해 낸 바텐더가 이름을 붙이기도 한다. 사랑의 키스처럼 감미롭다고 하여 '키스 오브 화이어' 라 부르고, 맛이 폭발적이라서 '가미카제' 라는 이름을 붙인다. 그런가 하면 기존의 칵테일에 변형을 주기도 한다. '알렉산더' 는 진과 카카오 리큐르를 섞어서 만드는 칵테일의 고전이다. 여기에 카카오 리큐르의 양을 줄이고 민트 리큐르를 섞으면 '알렉산더의 여자 형제' 라는 칵테일이 된다. 카카오 리큐르를 아예 쓰지 않고 그만큼 민트 리큐르를 섞으면 '알렉산더의 남자 형제' 라는 칵테일이 된다.

인스턴트 와인, 보졸레 누보

서양 속담에 '친구와 와인은 오래된 것일수록 좋다' 라는 말이 있는데, 여기에 전격적으로 반기를 든 것이 보졸레 누보(Beaujolais Nouveau)다. 보졸레 누보는 프랑스 보졸레 지역에서 그 해에 재배, 수확한 포도로 만들어 그 해에 시장에 내놓는 와인을 말한다. 일반적으로 와인은 10개월 이상

숙성 시킨 다음에야 병에 담는데 반하여, 보졸레 누보는 보통 2개월, 길어야 세 달 정도 숙성시킨 것이다. 일설에 의하면, 2차 세계대전이 끝나자 그동안 와인을 마시지 못했던 보졸레 지역 사람들이 와인이 숙성되기를 참지 못하고 그냥 마신 데에서 시작되었다고 한다.

탄산가스를 주입하여 속성으로 숙성시켰기 때문에 오래 지나면 맛이 떨어진다. 그렇기 때문에 한정 수량만 출시된다. 이것이 보졸레 누보의 첫 번째 마케팅 비법이다. 또한 보졸레 누보는 매년 11월 셋째 목요일에 전 세계에 동시에 개봉된다. 보졸레 누보의 두 번째 강력한 마케팅 비법이다. 유럽에서는 그다지 인기 없는 보졸레 누보가 아시아에서 각별한 인기를 누리는데에는 일본의 역할이 지대하다. 매년 11월이 되면 일본의 매스컴은 보졸레

누보에 대한 이야기를 시작한다. 그리고 셋째 목요일이 되면 카운트 다운까지 해 가면서 보졸레 누보를 환영한다. 출시 한 달 전부터 예약된 보졸레 누보는 날개 돋친 듯 팔려나간다. 최근 몇 년 사이에 우리나라에서도 보졸레 누보의 인기가 높아지고 있다. 백화점이나 레스토랑에서 3개월 된 와인이 보졸레 사람들이 경악할 만한 가격표를 달고 있는 걸 보면 과연 유행의 힘은 놀라운 것 같다.

치즈공화국 · ·

프랑스 사람들의 치즈에 대한 자부심은 대단하다. 그들에게 진정한 치즈는 오직 프랑스에서 생산되는 '프로마쥬(치즈의 프랑스어)' 뿐이다. 치즈는 프랑스를 대표하는 상품 중의 하나이며 그 중에서도 카망베르(크림색의 연한 치즈로 치즈 특유의 고약한 냄새가 적다)는 세계적으로 사랑받는 프랑스 특산품이다. 실제로 프랑스는 연간 100만 톤 이상의 치즈를 생산하는 세계 최대 치즈생산국이며 국민 일인당 연간 17킬로그램이라는 어마어마한 치즈를 먹어치우는 최대 소

... 프랑스

비국이기도 하다. 또한 다양한 치즈를 생산하는 것으로도 세계 1위인데 최소한 350가지 이상의 치즈가 있다고 한다. 프랑스인들의 지극한 치즈 사랑에 관한 유명한 대화. 프랑스의 드골 장군은 '300가지 이상의 치즈를 생산하는 프랑스를 통치하기는 정말 어렵다' 고 불평했다. 그러자 영국 수상 윈스턴 처칠은 '그토록 다양한 치즈가 공존하는 나라는 절대로 망하지 않을 것' 이라고 답했다고.

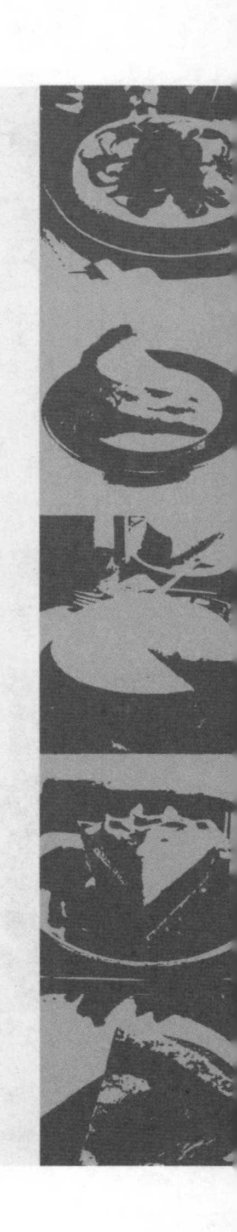

레종도뇌르 훈장을 받은 요리사

뛰어난 요리사 조르주 오귀스트 에스코피에는 프랑스에서 태어났지만 명성을 날린 것은 영국에서였다. 19세기 말, 사교 문화가 꽃피던 런던으로 초빙되어 사보이 호텔과 런던 칼튼 등 초특급 호텔의 주방장으로 30년 이상 영국의 상류사회에 프랑스 요리를 전수했다. 에스코피에의 업적 중 하나는 주방의 분업화를 이룬 것이다. 당시까지만 해도 고급 레스토랑의 요리사들은 주문 받은 요리 하나를 한 사람이 다 만들었다. 스테이크를 주문 받은 요리사는 고기도 굽고 양파도 다지고 소스도 혼자서 다 만들었다. 옆에 있는 다른 요리사는 자신이 주문 받은 스테이크를 만들기 위해서 고기도 굽고 양파도 다지고 소스도 만들었다. 그러다 보니 시간은 시간대로, 노력은 노력대로 들었다. 에스코피에는 요리사들에게 전문 분야를 할당하여 고기 굽는 요리사, 양파 다지는 요리사, 소스 만드는 요리사들이 각각 자신의 일만 하도록 하였다. 시간은 절약되었고 메뉴는 풍부해졌다.

그러나 에스코피에의 가장 뛰어난 업적은 프랑스의 소박한 프로방스 요리를 세계적인 요리로 전파한 것이었다. 당시 런던의 고급 레스토랑의 부유한 고객들은 끊임없이 새로운 요리를 요구하였다. 이들의 구미를 맞추기 위해서 고심하던 에스코피에는 프로방스 요리를 과감하게 변형하여 선보였다. 영국인들의 입맛에 맞추기 위하여 오일 대신 버터를, 마늘 대신에 다른 조미료를 사용했으며, 여기에 섬세한 소스와 우아한 장식을 더하여 세련된 프로방스 요리를 탄생시킨 것이다. 1920년 프랑스 푸앵카레 대통령은 프랑스 요리의 품격을 높여 세계적으로 전파한 공로를 인정하여 에스코피에에게 프랑스 최고의 명예훈장인 레종도뇌르를 수여하였다.

천사의 쿠키

서양 요리책을 보다 보면 '엔젤(천사)' 과 '데블(악마)' 이 포함된 요리 제목을 발견하게 된다. 워낙 음식에 대한 미신이 강했던 서양의 전통 때문에, 천사의 음식과 악마의 음식으로 낙인찍힌 것이라고 생각될는지도 모른다. 그러나 '엔젤' 과

악마의 케이크

'데블' 의 구별은 의외로 단순하다. 달걀흰자로 거품을 내서 만든 쿠키나 케이크는 색깔이 하얗다. 그래서 '엔젤' 의 음식이다. 반면에 초콜릿이나 코코아를 넣어서 만든 쿠키나 케이크는 색이 검다. 그래서 '데블' 의 음식이다.

감자, 감자, 감자…

패스트푸드에서 햄버거를 주문하면 프렌치프라이 함께 하겠느냐고 꼭 물어본다. 모든 세트메뉴에는 프렌치프라이가 포함되어 있다. 공식이다. 프렌치프라이는 '프랑스식 튀김'으로 생감자를 가늘게 썰어서 튀긴 것이다. 프렌치프라이가 감자튀김의 대명사가 되면서 영국의 레스토랑에서도 '피쉬 앤 칩스'에 프렌치프라이를 곁들여 내놓기는 하지만, 이는 주로 관광객을 대상으로 하는 음식점에서 보는 광경이다. 원래 서민음식인 피쉬 앤 칩스는 거리 모퉁이에 있는 허름한 가게에서 사먹어야 제 맛이다. 종이봉투 가득 담아주는 감자튀김은 그 굵기가 프렌치프라이의 다섯 배는 된다. 구운 감자도 인기 있는 감자요리이다. 큼직한 통감자를 구워서 칼집을 내고 치즈, 베이컨, 크림 등을 듬뿍 얹은 것으로 우리나라에서 군고구마 팔듯이 거리에서 팔고 있다.

19세기 중반, 미국에서 처음 소개된 포테이토칩은 현재 세계적으로 가장 인기 있는 스낵으로 자리를 굳혔다. 우리나라에서도 인사동에 가면 한국식 전통 포테이토칩을 만날 수 있다. 우리나라의 감자요리는 그 다양성에서 결코 남에게 뒤지지 않는다. 조리고 볶아서 밥반찬으로 하는 것은 물론, 찐 감자는 한 끼 식사로 부족함이 없다. 감자탕은 술꾼들이 즐겨 찾는 푸짐한 안주로 자리 잡았고, 감자떡과 감자전은 이제 별미 향토음식으로 취급된다. 독일이나 스위스에도 우리의 감자전과 비슷한 음식이 있긴 하다. 감자를 가늘게 채 썰어서 프라이팬에 전처럼 부쳐낸 것이다. 그러나 감자를 갈아서 부쳐낸 감자전의 쫄깃한 맛은 절대 아니다.

로마시대의 정찬 매너

고대 로마는 귀족들을 위한 사회였다. 의식주를 위한 수고는 모두 노예들의 몫이었으며, 귀족들은 의식주를 누리기만 하면 되었다. 물론 그 대가로 종종 권력다툼에 휘말려 목숨을 잃기도 했지만…. 음식을 먹는 것은 이들에게는 중요한 행사였다. 배가 고파서 끼니를 때우기 위한 음식은 결코 아니었다. 음식은 욕망이었고 먹는 행위는 탐닉이었다.

서기 1세기 경 로마시대 미식가였던 아피키우스는 당시의 음식에 대한 기록을 남겼는데 이것이 현존하는 가장 오래된 요리책으로 인정된다. 이를 통하여 고대 로마시대 상류사회의 식문화를 엿볼 수 있다. 잘 알려진 대로, 로마시대의 정찬은 앉아서 먹는 것이 아니라 긴 의자 위에 비스듬하게 누워서 먹는 것이었다. 식사 때에만 입는 특별한 튜닉과 숄을 걸친 남자

들은 왼쪽으로 비스듬하게 누워서 왼손으로는 몸을 지탱하고 오른손을 뻗어서 테이블 위의 음식과 와인을 집어 들었다. 나이프와 스푼은 있었지만 아직 포크가 등장하기 이전이라 음식은 손으로 집어 먹었을 것이다. 그런데 아키피우스가 남긴 조리법을 보면 당시의 요리는 대개 소스를 흥건히 뿌린 것이라서 손가락으로 집어 먹기에 그다지 모양 좋은 것은 아니었다. 그래서 식사하는 사람들은 각각 두 장씩의 냅킨을 사용했다. 한 장은 목에 두르고, 한 장은 손가락을 닦는 데 사용했다.

세계를 정복한 파스타

이탈리아식 국수와 그 국수로 만든 요리를 통칭하는 파스타는 오늘날에는 세계적인 음식이 되었다. 그러나 파스타가 언제 어디에서부터 만들어졌는가에 대해서는 아직도 이견이 분분하다. 중국인들은 자신들이 원조라고 주장한다. 1300년 경 중국 항저우 지방을 찾았던 마르코 폴로가 중국인들이 먹던 국수를 가져 가 베네치아에서 처음 소개했다는 것이다. 물론 이탈리아인들은 이 말을 믿지 않는다. 그런가 하면, 중국의 영향을 받은 아시아 국가들에도 전통적으로 국수 문화가 존재해 왔다. 우리나라와 일본의 국수는 주로 밀과 메밀로 만들었으며, 동남아시아에서는 쌀로 만든 국수가 주종이다. 길고 가는 모양, 납작하고 굵은 모양, 만두피처럼 얇고 넓적한 모양, 만두처럼 소를 넣은 것 등, 동양의 국수와 이탈리아의 파스타는 형태도 유사한 점이 많다.

파스타가 세계적인 인기를 끈 데에는 풍부한 양과 저렴한 가격도 한몫을 했다. 원래는 애피타이저와 메인 요리 사이에 '맛보기' 식으로 먹던 파스타는 오늘날 파스타 레스토랑에서 한 끼 식사로 팔리고 있다. 뿐만 아니라 물에 넣고 삶아 건지기만 하면 되는 간단한 조리법 덕택에 가정에서도 간단한 식사로 애용된다. 우리나라 슈퍼마켓에서 라면이 한 쪽 선반을 가득 채우고 있듯이 서양의 슈퍼마켓에는 수십 가지 다양한 종류의 파스타와 캔에 든 소스가 진열되어 있다. 가장 싼 스파게티를 삶아 가장 싼 토마토소스를 얹어 먹으면 세일하는 맥도널드 햄버거보다도 싸게 먹힌다. 한국 유학생들은 스파게티로 쫄면을 만들어 먹고 중국 유학생들은 자장에 볶아 먹는다.

파스타의 전설

파스타의 원조라고 우기는 이탈리아에서는 다음과 같은 전설이 있다. 프레데릭 2세 시절, 나폴리에 치코라는 이름의 젊은이가 살았다. 그의 취미는 새로운 요리법의 발견. 그가 새로운 요리의 비법을 완성하느라고 며칠째 방에 처박혀서 나오지 않자, 이를 궁금히 여긴 지오바넬라라는 이웃 여자가 열쇠 구멍으로 방안을 들여다보았다. 그 때 치코의 입에서 탄성이 터져 나왔다. 드디어 파스타 요리법을 완성한 것이었다. 지오바넬라는 치코의 요리법을 훔쳐서 파스타를 만들어 왕에게 진상하였다. 왕은 그녀에게 큰 상을 내렸고, 그녀는 곧 부자가 되었다. 치코는 자신의 역작인 파스타 요리법이 도난당한 데에 상심하여 자취를 감추었다. 그러나 동서양을 막론하고 전설은 권선징악으로 끝난다. 오래 지나지 않아 치코는 자신이 파스타를 발명했던 그 방으로 되돌아와서 파스타를 만들었다. 지오바넬라는 부엌에서 소스를 젓고 있었다. 그 순간 악마의 불이 나서 소스도, 소스를 젓던 사람도 활활 타버렸다는 것이다.

요구르트의 다양한 용도

서유럽의 호텔에서 제공하는 아침식사에는 요구르트가 빠지지 않는다. 그러나 요구르트가 서유럽 식사의 일부가 된 것은 지난 세기 중반에 이르러서였다. 발칸반도와 터키 등에서 오래 전부터 먹어왔던 요구르트가 세계적인 관심을 끌기 시작한 것은 러시아의 생물학자 메치니코프가 불가리아 등 발칸 지역의 장수 비결의 하나로 요구르트를 연구 발표한 것으로부터 시작되었다. 우유나 양젖을 젖산 발효하여 만드는 이 음식은 건강과 다이어트의 대명사처럼 알려져 있지만 실상 칼로리가 낮은 것은 아니다. 특히 여러 가지 향과 과일, 설탕 등을 첨가한 요구르트는 원유보다 칼로리가 높다. 오늘날 요구르트는 유럽과 아메리카는 물론, 아시아와 아프리카에서도 널리 사랑받고 있다. 유럽에서는 주로 요구르트를 식사에 포함시킨다. 요구르트에 시리얼을 섞고 여기에 과일 잼 등을 얹어서 디저트로 먹기도 한다. 아이스크림 상태로 얼린 프로즌 요구르트는 상큼한 맛을 선사한다. 또한 요구르트는 샐러드의 드레싱, 육류 요리의 양념 등 부엌에서의 쓰임새도 다양할 뿐 아니라 여자들은 피부를 위하여 얼굴에 바르기도 한다. 우리나라에는 최근 요구르트와 소주를 섞은 칵테일이 술집에서 인기를 끌고 있다.

서양음식에 관한 사소한 비밀

초판 인쇄 _ 2004년 8월 25일
초판 발행 _ 2004년 8월 31일
지은이 _ 김안나
펴낸이 _ 유봉정
디자인 _ 윤정아
펴낸곳 _ 리즈 앤 북
등록 _ 2002년 11월 15일
주소 _ 135-081 서울시 강남구 역삼1동 725-34 동이빌딩 B1
전화 _ 02)557-9772 (代)
팩스 _ 02)557-8775
이메일 _ riesnbook@naver.com

ISBN 89-90522-24-2(03810)